U0561625

大人童话

[日]小川未明 著

解璞 主编 林佩蓉 译

北京时代华文书局

图书在版编目（CIP）数据

大人童话 / 解璞主编 ；（日）小川未明著 ；林佩蓉译．— 北京 ：北京时代华文书局，2021.12

ISBN 978-7-5699-4455-6

Ⅰ．①大… Ⅱ．①解… ②小… ③林… Ⅲ．①短篇小说－小说集－日本－现代 Ⅳ．①I313.45

中国版本图书馆 CIP 数据核字（2021）第 221871 号

北京市版权局著作权合同登记号 图字：01-2021-4453

本书译文经北京阅享国际文化传媒有限公司独家代理，经好室书品策划由暖暖书屋文化事业股份有限公司授权使用。

大人童话
DAREN TONGHUA

主　　编 | 解　璞
著　　者 | [日] 小川未明
译　　者 | 林佩蓉

出 版 人 | 陈　涛
策划编辑 | 陈丽杰
责任编辑 | 田晓辰
执行编辑 | 来怡诺
责任校对 | 张彦翔
封面设计 | RECNS recns@qq.com / 装帧设计
封面插画 | 白中南
版式设计 | 段文辉
责任印制 | 訾　敬

出版发行 | 北京时代华文书局 http://www.bjsdsj.com.cn
北京市东城区安定门外大街 138 号皇城国际大厦 A 座 8 楼
邮编：100011　电话：010-64267120　64267397
印　　刷 | 河北京平诚乾印刷有限公司　电话：010-60247905
（如发现印装质量问题，请与印刷厂联系调换）
开　　本 | 880mm×1230mm　1/32　印　张 | 6.25　字　数 | 90 千字
版　　次 | 2022 年 4 月第 1 版　印　次 | 2022 年 4 月第 1 次印刷
书　　号 | ISBN 978-7-5699-4455-6
定　　价 | 45.00 元

日本儿童文学史上的一座巨峰

——话说小川未明

来自我们共同的故乡越后，而能够立足东京文坛的创作者，唯小川未明一人而已。

相马御风，诗人、文学评论家

未明的童话里或许没有令人期待的“冒险”，也没有使人发笑的“滑稽”，亦没有如绘画般的鲜艳色彩、如建筑般的精巧设计，但却充满了音乐般的趣旨，像旋律也像歌，在稳健地推展简单主题与故事的同时，不求轻柔地抚平孩童的灵魂，反而为其带来剧烈震撼。

楠山正雄，儿童文学家

小川未明等于日本的儿童文学史。

与田准一，儿童文学研究者、作家

小川未明的童话，是日本近代儿童文学史上一座高耸的巨峰。

续桥达雄，儿童文学研究者

小时候从未明先生的作品中获得的“憧憬”和“希望”，长大后仍然蕴藏在我心中，成为我创作的原动力。

杉美希子，儿童文学家

流动在未明作品中的黑暗、绝望感和孤立感，是小川未明将大正中期至昭和初期日本近代社会中不得不面临的矛盾，通过文学将其具体呈现出来。

山田稔，小说家

是几岁时读《红蜡烛与人鱼》这篇童话的呢？我不记得了，只记得读到人鱼姑娘被迫把白蜡烛涂成红色的场面时，非常恐怖，心都要碎了……但是，把白蜡烛涂成红蜡烛的人鱼，才是我的《红蜡烛与人鱼》。我永远无法忘却。

佐野洋子，小说家

总序 『雕心镂魂』的异色经典

北京大学外国语学院日本语言文化系 解璞

潜藏于内心的幻想与憧憬，是现实背后更深层的“现实”，而这些不可见的“现实”，才是驱动外在现实的真正力量。

本次出版的“日本异色文学经典”这七本书的作者在初登文坛时几乎都是非主流作家，其中一些作家在死后才逐渐受到关注与好评。而如今，他们的创作已成为代表一个时代、一个流派的文学经典。

他们活跃的时代不同，面貌各异，但都不断探索着超自然、非理性的奇幻世界，最大限度地发掘出文字本身的灵性与美感。按年代顺序，他们依次为夏目漱石、泉镜花、小川未明、谷崎润一郎、冈本加乃子、梶井基次郎、织田作之助。前两位属于明治作家，包括泉镜花在内的中间三位作家跨越了明治、大正、昭和三个时代，最后三位则属于昭和作家。他们之间存在着不同程度的接点，特别是后六人几乎都与漱石有过交往或联系。

以下将他们的文学交往与创作特色连缀起来，简略绘制成一幅奇幻文学的地图。

“梦幻派”的漱石与镜花

评论家小山鼎浦曾谈到镜花与漱石本是面貌大相径庭的作家，但二者都具有“梦幻派”的特质。他在《神秘派、梦幻派与空灵派》一文中指出：“谈起梦幻派的特质，最为恰当的回答便是世间所谓的‘浪漫’一词。他们重视空想，重视情意，他们以超现实的联想唤起读者的兴致，让其翱翔于梦幻之地，深深地触及人生的真实，并在不经意间传达出沉痛的讯息——这便是梦幻派之本领，泉镜花与夏目漱石同为拥有这种不可思议的诗魂与文才之人。”他敬仰漱石的学殖，更希望读者去敬重他的诗魂，并高度评价了漱石的初期作品，敏锐地指出漱石与镜花各自的特色：

尽管文章（《漾虚集》里的作品）有长短巧拙之差异，但贯穿着同样的色彩，光辉炫目。他的情调不像镜花那般浓艳、那般富丽，而是带着简素之色、蕴含闲寂之韵，这应是其自身俳趣的流露。他独特的幽默或许也源于其长期以来俳句趣味的修养。总之，尽管镜花与他有所不同，但他们都或追求空想，或追溯直觉，在现实之中看到奇异，在梦幻之间看到真实。在这一点上，他们的确堪称同类作家。镜花与漱石，虽然其才有高下之差，但都具有优秀的诗魂……我们深切希望这些梦幻派的佼佼者不要做无益的滥作，愿他们建造雕心镂魂的纪念堂……

这是漱石初登文坛约一年半后获得的评价。与《我是猫》摹写现实、批评现世的笔法不同，《漾虚集》等作品在现实与幻想中往复，与此后的《梦十夜》《永日小品》等短篇共同构成漱石文学的“低音部”（评论家江藤淳）。漱石将《我是猫》与《漾虚集》的创作戏称为“写信”与“写诗”，后者更耗费劳力（1905年12月3日致好友高滨虚子的书信）。可见，以上称赞漱石与镜花文学是“雕心镂魂的纪念堂”等评价，所言不虚。

从年龄来看，漱石的参照对象本不应该是泉镜花，而应该是其老师尾崎红叶。漱石比尾崎红叶年长约一岁，但红叶却比漱石早两年考入东京帝国大学（今东京大学）。此后，红叶从国文系退学，1885年与幸田露伴共同创立“砚友社”，开启了文坛的“红露时代”，成为拟古典派文学的大家。1897年发表代表作《金色夜叉》，更是风靡一时。漱石之妻夏目镜子在《追忆漱石》里谈到，漱石读过《金色夜叉》后不服气地说道：“你看着吧！这种小说，连我也能写！”

1903年，漱石从英国留学归国后不久，年仅35岁的“砚友社”盟主尾崎红叶因胃癌去世。1904年12

月，漱石应高滨虚子之邀，开始创作写生文，1905年从1月到11月连续发表包括《我是猫》（第一回）、《伦敦塔》、《卡莱尔博物馆》、《幻影之盾》、《琴之空音》、《一夜》、《薤露行》等七篇小说。漱石这样文思泉涌、不知疲倦的创作中也有些试图超越尾崎红叶的意志吧。

尾崎红叶最器重的弟子就是泉镜花。红叶的父亲为著名象牙雕刻师，镜花的父亲也是雕金与象牙的工匠，母亲则出身于能乐世家。二人对文学创作的态度也如雕刻工匠一般，到了“雕心镂魂”的程度。相似的家世背景与艺术气质，让师徒二人虽相差五岁，却情同父子。这一关系后来也投影于泉镜花的创作中，让其在女性与父权之间挣扎摇摆。

泉镜花比漱石小六岁，从文坛资历来看，他却比漱石早近十年。二人之间也存在有趣的交流。例如，1905年漱石在《我是猫》里借用了泉镜花的《银诗笺》，对其作品颇为赞赏。泉镜花在1917年追悼漱石的文章里，也谈到1909年二人初次见面的情形。当时，漱石已是《朝日新闻》的专职作家，收入颇丰；泉镜花虽为流行作家，收入却不稳定。1909年，漱石在写完《后来的事》以后，便准备去中国与朝鲜旅行。为补空当，他将《朝日新闻》的小说连载暂时拜托给泉镜花，这便有了此后的《白鹭》（1909年10月—12月）。就在8月漱石即将起程前，泉镜花突然拜访漱石，请求预支稿费。他这样回忆当时的情景：

（漱石）看上去十分忙碌，但我们聊得却很从容。因为他是江户儿，也不会絮叨；我说一半话，他便明白了，真是干脆利落……在亲切之中自然流露出高雅的品格，虽让人感到不必客气，却又不失礼。我与他对坐着，就仿佛忘记暑热一般，真是清爽洁净之人……我平时就非常喜欢夏目先生的、那个夏目金之助的字，字的形、字的姿态、音与音的声响。夏目先生、金之助先生。虽然有些失礼，还想叫您一声：阿金！真是难免让我这旁人恋慕啊！

二人见面或许仅此一次，但初次见面便能够做到“我说一半话，他便明白了”，而且这话题还是关于借钱的事。无论是坦率求人的镜花，还是爽快答应的漱石，都堪称“清爽洁净”，由此可见他们互相欣赏、意气相投的愉快往来。

这与泉镜花和谷崎润一郎的交往形成有趣的对照。讲究洁净的泉镜花与不拘小节的谷崎润一郎气质相差甚远，却更为亲近。前者对文字与食物都有洁癖，后者却是酷爱享乐的美食家。传说泉镜花有“言灵”信仰：他创作前要在稿纸上洒清水，还把“豆腐”的“腐”字写作“府”等。小林秀雄也指出：“对文字力量的彻底信仰，成为泉镜花的最大特色。文章是这位作家唯一的神。”另外，因为他在30岁前后患过痢疾，对食物也有洁癖。一次，他与谷崎润一郎同吃火锅，由于等待食物熟透才肯吃，结果鸡肉被对方抢先吃掉，让他不得不在火锅里划分“领地”。这样的趣闻侧面反映了二人交情甚佳，也反映了二者对待文学与生命的不同态度。

谷崎、镜花笔下的女性美

谷崎润一郎在追悼泉镜花的文章《纯粹“日本式”的“镜花世界”》中谈道：“晚年的镜花先生难免有落后于时代之感……但在他已故去的今天，他的著作却又增添了历史意义，焕发出古典文学的光彩。我们应该像读近松与西鹤的作品那样，从与之相同的眼光去窥探这位跨越明治、大正、昭和三代的伟大作家的独特世界。”他指出“镜花世界”的特色在于：尽管描绘异常的事物，却无病态之感，“有时候看似神秘、奇异、缥缈，但在本质上，他是明朗、艳丽、优美，甚至是天真烂漫的”。

谷崎润一郎对泉镜花的评价标准，在某种程度上也适用于他自己的创作。二人都在描绘女性美方面独树一帜。在镜花的《天守物语》里，美与妖异得以绝妙融合，剧本的长台词充满有力的节奏感与丰富的意象。女作家长谷川时雨在《水色情绪》里评价泉镜花说：“我喜欢镜花先生的作品是因为它们可以让我的灵魂脱离身体，飞到莫须有之乡。我们心中感到却无法做到的很多事情，先生作品中的人物都能够轻易做到……”可以说，镜花文学通过意象美与音韵美唤起了日本读者的集体潜意识，其笔下的女性通常是通过视觉与听觉去感受的。

与此相对，谷崎润一郎作品中的视觉往往被抑制，作品里的女性更多是通过触觉、听觉，甚至味觉等去感知的。《盲目物语》着力描绘了盲人对女性身体的触觉与自己精妙的歌声，而作品在其歌声里也融入了多样的官能美：

你呀你
是霜是霰还是初雪呢？
在寒冷彻骨的夜里
消逝无踪……
若送你腰带
可别怪我送系过的腰带
腰带啊，系着系着
宛如你的肌肤

比起视觉美，谷崎文学更着力描绘触觉、听觉、味觉等。男性人物往往在盲目以后、在阴翳之中，才终于体味到肌肤的柔润、声音的美妙等女性特有的美与生命力。此外，泉镜花与谷崎润一郎都继承了日本古典文学的精髓，并让其焕发出新的光彩。例如，《痴人之爱》中的女主人公虽然有着西洋式的名字与容貌，但其人物关系的本质却更接近《源氏物语》的“好色”传统。《痴人之爱》《刺青》《春琴抄》等作品里反复出现同一主题：女性经历深刻的疼痛，获得美的力量，成为让男性跪拜的残忍女神。在谷崎文学中，女、性、美的绝对力量成为潜藏于现实背后的驱动力，升华为男性的宗教信仰。

比起明亮，更爱阴翳；比起震灾后的关东，更爱美食丰富的关西；比起父权，更崇尚母性的力量——这样的谷崎文学，与漱石文学一起对此后的文坛也产生了巨大影响。

梶井：交织的身心感觉

关西出身的梶井基次郎在给朋友的书信中，曾经自称"梶井漱石""梶井润一郎"。在《K的升天——或K的溺死》的结尾，K的身体被海浪推来推去，而他的灵魂则"向月亮飞翔而去"。K、影子、月亮、双重人格等主题，与漱石文学一脉相承。《黑暗的画卷》对比了自然与人类都市的夜晚，与"有点儿肮脏"的都市夜晚流转的电灯光相比，作者更愿意沉浸在黑暗里深邃的安心中。这也继承了谷崎润一郎的文学主题。

在梶井基次郎的文学作品中，比起具体人物与现实事件，更多的是敏锐的感受力与丰富的意象。视觉、触觉、味觉等相通的身体感觉，以及由此引发的心理状态，成为其文学作品的魅力之一。

织田、冈本：市井之间的夫妇之爱

同为关西作家的织田作之助，通过描绘大阪的庶民世界，刻画了市井之间的夫妇之爱，凸显了女性作为妻子与母亲的宽容坚韧的力量。与父权强势的关东相对，在关西，母性力量更为强大，丈夫往往成为随波逐流的“烂好人”。这样的关西风土与井原西鹤等江户时代的文学传统一起融入了织田作之助的文学创作中。

同样写夫妻关系，冈本加乃子更加“非典型”。在《爱家促进法》的一开篇，她便写道：

我从不认为我们是夫妻关系。

我觉得我们是同住在一个屋檐下，相亲相爱又相怜的两个人。同时，我深刻体会到我们两人的缘分深厚，竟能征服人类与生俱来容易厌腻的本能，长期同居在一起。我深信缘分十分崇高，是一件极为重要的事物。在这段缘分中，自然会产生温柔而深切的爱情……

我们是无法用任何形容词形容的两人，怀着至高无上的信赖、哀乐及相怜，共同生活在一起……

这样“不分性别”的男女之爱，频频出现在她的作品里。例如，在《冈本一平论——在父母之前祈祷》中，她谈到自己的丈夫：“传说中，他谈了一场热烈的恋爱才结婚，坦白说，他并没把妻子当成女性看待，只不过是因为‘这个人’正好符合他当时的眼光，同时，跟她有一段难解的缘分，才会在偶然之下结婚的。”冈本加乃子看待夫妻之爱的态度，让人联想到漱石《门》中的夫妇与宗教救赎。这些作品间的影响尚未考证，但加乃子的丈夫冈本一平的确在《朝日新闻》上为漱石的名作《后来的事》(《门》的前篇）画插图，并获得好评。与《门》中的宗助与阿米相似，冈本一平与冈本加乃子夫妇也在经历放浪生活与丧子之痛后，在宗教中寻求到了慰藉。冈本加乃子的文学创作集中在其生命的最后三年，是处于文坛边缘的作家。但她对“永恒的生命”“极度的真理”的思考有着不亚于漱石与森鸥外等文豪的深刻，至今读来仍然是新鲜而独特的。

小川未明：幻想的童话

在日本文坛，小川未明也是独特的存在。他创作充满幻想的童话，描绘的却是幻想背后比现实更真实、更清醒的“现实”。小川未明在追悼漱石的《新浪漫主义的第一人》一文中也阐述了这一观点：

仅现于外部形式的现实，并不是现实的全部。我们生活中产生的幻想、想象、憧憬，当然也是现实。然而当时，在自然主义蓬勃兴起的时期，已经自成一家的众多文人轻易地丢弃了自己的主张与主义，立刻去迎合自然主义。其中，还有人宣告自己之前的态度是错误的，甚至有人认为，如果不自称是自然主义作家就会感到羞耻。在这样的时代，漱石一直坚持着自家的主义主张。当时的批评家曾经嘲笑他的低徊趣味，但他的趣味当然不仅仅是一种古董趣味。这所谓的低徊趣味之中，存在着细细品味人生的深刻思考——这是自不待言的，而且其作品里还存在着浪漫派无限优美的情操……

在小川未明看来，“仅现于外部形式的现实，并不是现实的全部。我们生活中产生的幻想、想象、憧憬，当然也是现实”。他在《红蜡烛与人鱼》《牛女》《金环》《野蔷薇》等作品里描绘了似曾相识的人物与意象，却留下忧伤而发人深省的意外结局。这些童话适合讲给孩子听，更适合大人阅读。它们会唤起读者记忆深处、令人怀恋的原风景，也提醒读者重新思考眼前的现实生活，重新珍视生命本身的价值。

夏目漱石的神秘异域、泉镜花的灵性幻境、谷崎润一郎的嗜虐耽美、梶井基次郎的月下分身、冈本加乃子的宗教信仰、织田作之助的庶民世界、小川未明的大人童话……都是潜藏于内心的幻想与憧憬，也都是现实背后更深层的“现实”。这些不可见的“现实”，才是驱动外在现实的真正力量。

【参考文献】（按文中出现的顺序）

1.小山鼎浦:「神秘派と夢幻派と空霊派と」,载平岡敏夫編『夏目漱石研究資料集成』第1巻(東京: 日本図書センター, 1991)。

2.江藤淳:『漱石とその時代』, 東京: 新潮社, 1991。

3.夏目漱石:『漱石全集』第22巻『書簡　上』。東京: 岩波書店,2004。

4.夏目鏡子著、松岡譲筆録:『漱石の思ひ出』。東京: 角川書店,1979。

5.泉鏡花:「夏目さん」,载平岡敏夫編『夏目漱石研究資料集成』第3巻(東京: 日本図書センター, 1991)。

6.小林秀雄:「鏡花の死其他」,载『別冊現代詩手帖　泉鏡花: 妖美と幻想の魔術師』第1巻第1号,1972年1月。

7.谷崎潤一郎:「純粋に『日本的』な『鏡花世界』」,载『別冊現代詩手帖　泉鏡花: 妖美と幻想の魔術師』第1巻第1号,1972年1月。

8.長谷川時雨:「水色情緒」,载『別冊現代詩手帖　泉鏡花: 妖美と幻想の魔術師』第1巻第1号,1972年1月。

9.小川未明:「新ロマンチシズムの第一人者」,载平岡敏夫編『夏目漱石研究資料集成』第3巻(東京: 日本図書センター, 1991)。

10.「泉鏡花が自ら明かした妙な癖とは」https://serai.jp/hobby/222963

日本安徒生的童话创作之路

——小川未明小传与重要著作年表

小川未明，本名小川健作，1882年4月7日出生于新潟县上越市一处旧士族宅邸。父亲澄晴为旧高田藩士，狂热地崇拜着战国大名上杉谦信，为了建造祭祀上杉谦信的春日山神社四处奔走，甚至举家搬迁至接近神社社址的春日山上。少年时期的未明是孤独的，北国越后总是下着昏暗而绵长的雪，他看着远方缀满桃红色彩的山脉，告诉自己总有一天要前往既温暖又明亮，最好是不会下雪的地方。

1901年，未明终于如愿以偿。19岁的他进入东京早稻田大学修读哲学，后转攻英文科，研究十九世纪英国浪漫主义文学。他22岁发表小说处女作《流浪儿》，获坪内逍遥青睐，亲授雅号“未明”，从此踏上文学创作之路。他毕业后进入早稻田文学社担任《少年文库》编辑，以出版具文学性的儿童读物为主要工作内容，意外地成为进入儿童文学世界的契机；后陆续出版短篇小说集《愁人》《绿发》等，逐步奠定其文坛地位；27岁辞掉工作决心专职写作，第二年发表了第一部童话集《赤船》，被视作日本首部创作童话集。

然而，以写作维生带来的经济困顿导致他的一双儿女相继离世，又受到大正时期社会思潮的影响，迫使未明不得不重新思考自己的创作初衷。44岁时，他在《东京日日新闻》发表《此后作为一个童话作家》一文，以《未明选集》的出版为界线，宣告诀别小说家的自己，从此致力于童话创作。他晚年不仅创刊儿童文学杂志，还成立儿童文学者协会并担任会长，71岁时以其在儿童文学的贡献获颁日本文化功劳者表彰。1961年5月11日，未明因脑出血逝世，享寿79岁。

小川未明小传与重要著作年表

年份	年龄	生平	重要著作
1882年	0岁	4月7日，出生于新潟县中颈城郡高田町（现上越市）。	
1888年	6岁	4月，进入冈岛小学（现大手町小学）就读。	
1892年	10岁	转学至高田寻常小学。大约在这个时期，父亲澄晴基于对上杉谦信的崇拜与敬意，着手于春日山上谦信旧城址处设立祭祀谦信的春日山神社。	
1895年	13岁	4月，进入中颈城寻常中学（现高田高等学校）就读。	
1897年	15岁	从高田搬家到春日山，每日从春日山步行至高田上学，养成观察沿途自然风景的习惯。	
1901年	19岁	4月，进入东京专门学校（现早稻田大学）就读，于专门部攻读哲学科，后进入大学部转攻英文科。	
1904年	22岁	9月，发表小说处女作《流浪儿》于艺文杂志《新小说》，获得注目。由坪内逍遥亲授雅号“未明”，后即以此作为笔名闯荡文坛。	《流浪儿》
1905年	23岁	3月，发表《霰中雨》于《新小说》，奠定新浪漫主义文学新人作家地位。7月，自早稻田大学英文科毕业。	《霰中雨》
1906年	24岁	5月，与长冈市山田藤次郎长女吉子（キチ）结婚。进入早稻田文学社担任《少年文库》编辑，以此为契机进入儿童文学世界，并于同年发表多部童话。	

续表

年份	年龄	生平	重要著作
1907年	25岁	在正宗白鸟（小说家，1879—1962）的引荐下进入《读卖新闻》社会部担任夜勤记者，半年后离职。长女晴代出生。6月，出版第一部短篇集《愁人》。12月，出版第二部短篇集《绿发》。	《愁人》 《绿发》
1908年	26岁	进入杂志《秀才文坛》担任记者。发起新浪漫主义研究会“青鸟会”。12月，长子哲文出生。	
1909年	27岁	决心以文学创作为本职而辞掉工作。	
1910年	28岁	出版第一部童话集《赤船》，被视为日本最早的创作童话集。	《赤船》
1911年	29岁	发表代表作之一《不说话的脸》于《新小说》。发表《蔷薇与巫女》于《早稻田文学》。	《不说话的脸》 《蔷薇与巫女》
1912年	30岁	发表写作生涯唯一一部长篇小说《鲁钝的猫》于《读卖新闻》。	《鲁钝的猫》
1913年	31岁	5月，次女铃江诞生。	
1914年	32岁	12月，长子哲文过世。	
1918年	36岁	11月，长女晴代过世。	
1919年	37岁	3月，成为劳动文学杂志《黑烟》创刊者作家组合会员。4月，主导儿童文学杂志《童话世界》，并于杂志上发表代表作《牛女》《金环》等作品。	《牛女》 《金环》
1921年	39岁	2月，次子英二出生。发表代表作《红蜡烛与人鱼》于《朝日新闻》。	《红蜡烛与人鱼》
1925年	43岁	成为日本小说家协会成员。	
1926年	44岁	3月，参与“日本童话作家协会”之创立。4月，发表《童话作家宣言》，决心从此投入童话创作。	

续表

年份	年龄	生平	重要著作
1937年	55岁	5月，创刊童话杂志《故事之木》。	
1944年	62岁	9月，获小国民文化功劳赏。	
1946年	64岁	3月，创立日本儿童文学者协会。12月，获第五回野间文艺赏。	
1949年	67岁	10月，成为儿童文学者协会第一届会长。	
1951年	69岁	5月，获艺术院赏。	
1953年	71岁	11月，成为艺术院会员，并获文化功劳者表彰。	
1961年	79岁	5月6日，因脑出血病倒，11日逝世。	

参考资料：

1.新潟縣上越市官網：https://www.city.joetsu.niigata.jp/site/mimei-bungakukan/ogawa-mimei-about-2.html

2.小川未明年譜：http://hugostrikesback.web.fc2.com/mimei/mimeiNenpu.html

3.《小川未明：童話を作って五十年》小川未明著；上笙一郎編解説，日本図書センター，2000.11

导读　攀越过伤心与孤独的童话世界

元智大学应用外语系副教授　廖秀娟

小川未明是横跨明治、大正、昭和时期的小说家以及儿童文学作家，撰写了逾千篇作品，被赞誉为“日本儿童文学之父”和“日本的安徒生”，与作家滨田广介、坪田让治并称“儿童文学界的三种神器”。他曾经如此定义过“童话”：“自由的世界，创造的世界，神秘的世界，这就是童话的世界。”“我们若是能够借助幻想与联想，将少年时期早已逝去的时光再重新找回，那会是何等幸福之事啊！”“若是能借此让少年们更高兴，我们应该会对自己的艺术感到光荣吧！”小川未明通过“童话”的形式，以理想与热情和他独特的感性，架构出美丽的世界，借此找回那逝去的童心。

小川未明，新潟人，本名小川健作，因为数学成绩不好三次落榜家乡的高田中学，之后上京进入了初创不久、校风自由的早稻田大学英文科就读，在校期间发表的小说文风浪漫，获得同校教授、文坛大佬、英国文学专家坪内逍遥的欣赏，成为明治末期新浪漫主义文学的明日之星。出道之前，坪内逍遥为他取名“未明”，寄望他能够如光破黎明时般活跃。小川未明擅长撰写短篇故事，浪漫的文风中带有人道关怀、富有写实性。故事多取材自从异界来的人或船、蜡烛等带有幻想色彩的设定，同时深刻地描绘出作品中人物不安、忧虑、挣扎与恐惧的情感。他的作品虽说是儿童文学，却极为深刻地描写了人类的自私以及社会间的矛盾，不论是大人或小孩都能够产生共鸣。

1921年创作的《红蜡烛与人鱼》是他文学生涯中的最高杰作，充分展现了小川未明这一时期对社会的关怀与对人性的观察。

故事描写了住在北海的人鱼，认为人类是世上最温柔的生物，因此在临海城镇的神社山脚下产下了孩子，希望孩子可以离开冰冷的大海为人类所养育。人鱼小孩被蜡烛店的老夫妇捡回去，在他们的照顾下长得极为美丽。人鱼小孩为了报答老夫妇，夜以继日地帮助养父母制作蜡烛，在白蜡烛上画上贝壳与海草等图案，既祈求平安也更利于老夫妇贩卖。久而久之，就有传言：将女孩绘有图案的蜡烛拿到神社点灯，出海捕鱼时不管风雨多大都能平安归来。老夫妇虽然疼爱人鱼少女，却也贪财。有一天听到这个传言的香具师就怂恿老夫妇将女儿卖给他，刚开始老夫妇拒绝了，后来在香具师的说服之下却起了异念……

作品以“童话”的形式，描写出人鱼母亲为了祈求女儿的幸福，即使必须与女儿分开，也忍痛将她送往人类世界的母爱与无奈，内向害羞而心地善良的人鱼少女的孤独与悲伤，为了赚钱满口谎言的香具师，以及因为金钱而失去理性的老夫妇。小川未明翔实地勾勒出这五个角色的个性，特别是老夫妇的起心动念更凸显出人性的自私与软弱。

一提到人鱼，人们马上会联想到安徒生童话中的小美人鱼，这个题材在日本童话中极为少见，现今的资料认为《红蜡烛与人鱼》的创作背景与小川未明的童年经历有关。未明一出生就因为地方上的习俗被送到邻家丸山家当养子，丸山家的家业就是制作蜡烛；而故事中美丽波浪翻腾的北海令人联想到小川未明的出生地，新潟越后冬天冰冷的寒浪。然而小川未明被誉为“日本的安徒生”绝不是因为作品中出现了人鱼的描写，而是他立志以“童话作家”自居，一生在杂志、报纸上发表了逾千篇的创作，他对日本儿童文学的贡献就如同安徒生对世界儿童文学的意义一般。

本书收录的作品大致可以归纳出三个面向。其一是描写父母亲子之情，如前述作品《红蜡烛与人鱼》，以及《月亮与海豹》《牛奶糖盒上的天使》《千代纸的春天》《金环》等作品。《金环》是一篇很神奇的作品，作品中的人物只有三人，即主人翁太郎和他的母亲，还有一位谜一样的少年。长年卧病的太郎终于可以在天气放晴时外出，当他想去找朋友时，却发现路上完全没有人，他非常失望，一个人孤单地走着。这时他听到如铃声般的金环滚动的声音，原来是远方有个少年一边跑一边在滚动着两个金环。虽然太郎不认得那个少年，可是很不可思议，少年却很熟悉似的对着太郎微笑。太郎连着两天都在同一时刻遇到少年，他在那天晚上做梦，梦到少年分了一个金环给自己，两人一起在夕阳下边跑边玩。因小川未明有两个孩子皆在其三十多岁时夭折，因此有人认为这篇故事是为了纪念他的长子，故事结局看似悲伤，却也让人深刻地烙印下太郎与少年快乐游玩的身影。

同样为了纪念他早逝孩子的作品还有《月亮与海豹》《牛奶糖盒上的天使》《千代纸的春天》等。《月亮与海豹》描写了一头海豹妈妈在寒冷的北方遗失小海豹而悲伤，她恳求暴风与月亮帮她寻找小海豹。暴风不忍海豹妈妈的悲泣而答应帮她寻找，但是日子一天一天过去，却始终等不到暴风的回复。月亮很早之前就知道海豹妈妈在找小海豹，但她认为这个土地上有太多的海豹妈妈失去了小海豹，而且不只是海豹，人类也有很多母亲失去了小孩，对于看尽世间疾苦的月亮来说，海豹妈妈的悲伤并不算什么。但是最后月亮也被海豹妈妈的悲泣打动，决定帮助她。月亮决定为海豹妈妈做一件可以让她开心的事……现代人读这篇作品时，可能会对作品末尾的结局感到突兀，然而若是回到作品发表的时代，适逢战争时期，众多的母亲在战争中失去了丈夫、儿子，很多小孩也因粮食与卫生问题早早就夭折了。如月亮所说的，这个世界到处是悲剧、到处都有伤心的母亲，她无法让战争消失，但她试图在你悲伤时带些快乐给你。

小川未明另一篇会令人哭泣的作品是《牛奶糖盒上的天使》。这个标题中的牛奶糖，是指森永牛奶糖，天使是指森永牛奶糖盒上印的天使标志。作品以小孩的视角来看牛奶糖盒上的天使，切入点非常有趣。原来每一个印有天使图案的牛奶糖盒上，都附有天使的灵魂，天使借由每个盒子的运送看遍世界的角落，同时每一个天使的命运也因盒子的遭遇而不同，整体作品风格带有寂寥与悲伤之感，是一篇让人产生共鸣的作品。

《千代纸的春天》与《金环》一样，都是小川未明为纪念自己过世的小孩所创作的作品。路旁卖鲤鱼的贫穷老爷爷想要尽快将剩下的大鲤鱼卖给刚好路过的老奶奶，好赶快买饭回去给家里的两个小孙子吃，而老奶奶则想着买鱼给体弱多病的孙女吃，但是鲤鱼不怎么有元气让老奶奶很犹豫，于是要求老爷爷将鲤鱼从尾端抓起给她检查。这时鲤鱼以全身之力用力弹跳逃脱了，老爷爷因为老奶奶的要求才会将鲤鱼拿高，现在鲤鱼逃了，他若拿不到钱，小孙子就没有饭吃，因此要求老奶奶赔偿。而老奶奶则认为她又没有吃到鱼，没有理由要付钱。就在事情看似无解之时，来了一位算命仙……作品中老爷爷与老奶奶为了孙子、孙女焦急的心情，真实地反映了父母在孩子生病时的心急与不安，与《月亮与海豹》有共通之处，传达了为人父母寻找或忧虑小孩身体健康的心情。

其二为呼吁读者理性省思的作品，如《山路顶端的茶屋》《国王殿下的茶盏》《野蔷薇》等作品。《野蔷薇》是小川未明的代表作之一。镇守着两国边境的大国老人士兵和小国年轻士兵，因为国境上只有他们两人，随着日子的推移、每天相互的问候，他们成了彼此的好朋友。但是有一天，两国交恶而开战，他们必须从相互信赖的好友关系转化成敌对的关系。面对交恶的两国，年轻士兵与老人士兵又该做何选择？作品最后以一朵国境边界上干枯的野蔷薇为喻，象征战争给两人友谊带来的伤害。故事内容因带有浓厚的反战色彩而受到高度评价，也通过友谊的交流让当时的读者反思战争的意义为何。

《国王殿下的茶盏》则描写了一位很会制作轻薄、有品位的茶碗的陶艺师，有一天他被命令要为国王制作高级的茶盏。清透的茶盏送入皇宫后，有一天陶艺师被国王召见，他原本以为将得到国王的赞赏，谁知道得到的却是国王的抱怨连连。原来有一天国王外出时，来到一位农民家中，农民拿出了一个黑厚朴拙的茶盏倒茶给国王喝，这时，国王发现这个茶盏不会烫伤他的手。陶艺师的茶盏确实品位不凡，但也因为质地太薄总是让国王得忍着烫手而喝茶。故事提醒我们思考：再怎么好的作品，若是无法与用户同理，最终也只是一个会伤人的无用器皿。

《山路顶端的茶屋》描述了一个在山尖上经营着一间茶屋的老爷爷，老伴儿过世早，唯一的儿子也在城里工作娶了妻，他就这样独自一人平稳地过着日子。突然有消息传来，之后可能会有巴士通过这个山尖，这样一来旅人们就会搭乘巴士上山，也就不需要在这个山尖茶屋休息了。这时也有公所的人来暗示老爷爷可以做些事让巴士在这里中途停留，当然这需要老爷爷投入一笔不小的金钱。老爷爷非常烦恼，不知道该如何是好，拿钱出去若失败了就什么都没有了，但是若巴士不停，他的茶屋恐怕也经营不下去。在他烦恼不已之时，某个大雪的夜晚突然有人敲门，门外站着一对疲惫又饥寒交迫的母子……作品发表时正逢日本战后复兴期，日本为了迈入现代化社会，有很多旧有制度将面临改革与丢弃，由此看出作者试图通过小说让国民转换想法，鼓励国民勇于面对世界潮流的大浪。

第三个面向是作者对社会弱势群体的人道关怀。例如本书收录的作品《来到港口的小黑人》描写的就是一对姐弟的故事，眼睛看不见的弟弟吹着笛子，美丽的姐姐则伴随着弟弟的笛声唱歌跳舞。另一篇作品《牛女》描写了身体异于常人的女人的故事。某个村中有个身材异常高大的女人，这个女人是喑哑人士，而她育有一位可爱的小男孩，小男孩和母亲感情极好。女人个子高、性情温和，因此村人都称呼她牛女。牛女经常被村人委托做一些需要花力气的工作。有一天，原本身体健康的牛女却生病死了，牛女死后在思念儿子时，会在冬天以雪化成身影来见儿子，然而儿子却突然离开到了不下雪的南方……故事的重点除了反映北国雪乡的乡土风景与自然现象，也描述了母子之间的情深、背叛与和解。

明明是儿童文学，然而小川未明的童话却时常见到生离死别，抑或悲伤的结局，以及寒风彻骨、阴郁冰冷的北海冰雪。出身北国的小川未明曾回顾说道："小时候，我总是幻想地认为只要我攀越过这座山，山的另一头应是个明朗无雪的明亮世界在等我。”因此小川未明的童话或许抑郁，描述着至亲的背叛、悲伤与孤寂，然而攀越过伤心的另一头，总有着一股明朗无雪的温暖在等着我们！

目录

红蜡烛与人鱼

女孩对此毫不知情，正低着头画画。这时，老爷爷和老奶奶走进屋里对女孩说：『好了，你该走了。』说完，便准备把女孩带出去。

女孩被迫站起了身，因此无法继续给手上的蜡烛作画，便把整支蜡烛涂满一片红色。

女孩留下两三根红色的蜡烛，用以纪念自己悲伤的回忆，之后便离开了。

一

人鱼不只栖息于南方海域，北方海域也有他们的踪影。

北方的大海呈现一片湛蓝。有一次，一尾母人鱼爬上岩石，边眺望周围的景色边休息。

云隙间流泻的月光寂寥冷清，映照在水波上。无论望向何处，只见一道又一道汹涌的波浪连绵起伏。

“多凄冷的景色啊！”人鱼心想。我们的外观和人类没有太大的不同，和鱼类或海底深处栖息的那些低等兽类相比，我们与人类的内心和外貌都更加接近。可是为什么我们却还是得和那些鱼类、海底生物一起在这片冰冷、黑暗又死气沉沉的海里生活呢？

长久以来，人鱼没有可以聊天的对象，日复一日，向往着海面上明亮的生活。一想到这里，人鱼就不禁悲从中来，因此经常在明月高挂的夜晚，浮出海面在岩石上休息，沉浸在天马行空的想象里。

人鱼心想："听说人类居住的城市很美，而且比起鱼类和其他海里的生物，人类更富有情感，也更善良。我们虽然生活在海洋里，却和人类更加相似，难道不能融入陆地上的人类社会和他们一起生活吗？"

她是一尾母人鱼，而且正怀着孩子。她心想，许久以来，我们都住在北方这片冷清的蓝色大海里，没有可以倾诉的对象，我已经不期望自己能住在明亮、热闹的国度，却希望我生下的孩子至少不再承受这种悲伤和无助。

和孩子分开，自己孤身待在寂寥的茫茫大海虽然让我心痛，但不论我的孩子身在何处，只要他能过得幸福，我就心满意足了。

据说，人类是这个世界上很善良的物种，不会欺压可怜或无所依靠的人。我还听闻，只要他们决定养育一个孩子，就不会抛弃他。所幸我们不只样貌和人类相似，身体上半部的构造也全都和人类相同——既然我们都能在鱼、兽的世界生活，想必也能在人类世界安居吧。我想，只要把孩子交到人类手上，他们肯定不会狠心遗弃他的。

人鱼在心中如此盘算。

母人鱼一心向往自己的孩子在繁荣、光明的美丽城市里长大，便打算在陆地上生下孩子。如此一来，就算再也见不到面，但只要这孩子能融入人类世界，拥有幸福的生活，便已足够了。

遥望远方，岸边一座小山上的寺庙灯火闪烁，映照着波浪。一天夜里，母人鱼为了生下孩子，便穿越冰冷黑暗的海浪，往陆地的方向游去。

二

海岸边有座小镇。镇上有贩卖各式商品的店家，那座寺庙的山脚下，则有间卖蜡烛的小店。

店家里住了一对年迈的夫妇，老爷爷负责制作蜡烛，老奶奶则在店里贩卖。这座城镇里的居民或附近的渔夫要进庙里参拜时，都会来这间店买蜡烛后再上山。

山上松树林立，寺庙就位于树丛之间。从海上呼啸而来的风总是将松树的树梢吹得呼呼作响，日夜不息，而庙里点燃的蜡烛烛影摇曳的火光，夜夜都能从遥远的海上望见。

有天夜里，老奶奶对老爷爷说：

“我们能这样安稳生活，全都是因为有神明庇佑。如果这座山上没有寺庙，就没有人会买蜡烛了，我们应该感恩才是。我想了想，觉得应该上山参拜才对。”

“是啊，你说得没错。我也一样每天都在心里感激神明，却日忙夜忙，搞得从来不曾上山去参拜，你正好提醒了我。你去参拜时，记得也帮我表达我的感激啊！”老爷爷回答。

老奶奶踏着缓慢的脚步出门去了。这个夜晚明月皎洁，屋外一片光亮，犹如白昼。前往寺庙参拜后准备下山时，老奶奶在石阶下看到一个小婴儿正哇哇大哭。

“好可怜的弃婴啊，谁把你丢在这种地方呀？

而且就这么巧，我拜完神要回家的时候就看到你了，这应该是我们的缘分吧。如果就这样把你丢着不管，神明肯定会惩罚我。一定是神明知道我们夫妇没有孩子，才把你赐给我们，我回家和老爷爷商量要不要收留你吧。”老奶奶在心里这样想了想，便抱起婴儿，嘴里喃喃念着：

“哎呀，真可怜啊，可怜的孩子啊。”她就这样一路把婴儿抱回了家。

老爷爷一直等着老奶奶，没想到老奶奶竟抱着个小婴儿一起回来。于是，老奶奶便把整件事的来龙去脉告诉了老爷爷。

“这分明就是神明赏赐给我们的孩子啊，不好好养大可是会遭到天谴的。”听完，老爷爷也这么说。

两人决定抚养这小婴儿。她是个女孩，但身体下半部并不是人类的模样，而是鱼的形貌，老爷爷和老奶奶都深信，这就是传说中的人鱼。

“这孩子不是人类……”老爷爷歪头盯着小女婴。

“我也这么想。虽然她不是人类，却是长得温柔又可爱的女孩呢。”老奶奶说。

“不管怎么样，她都是神明赏赐的孩子，所以我们要好好把她抚养成人。长大之后，她肯定会是个聪明的孩子。”老爷爷也跟着附和。

那天之后，两人悉心养育这个女孩。孩子一天天长大，渐渐长成有水灵大眼、亮丽秀发，且乖巧又聪明的孩子。

三

女孩长大后，因为觉得自己的模样与常人不同，因此总是羞于见人。然而那女孩拥有倾国倾城的美貌，只要看过她一眼，无不惊为天人，当中甚至有人只是为了想要看那女孩一眼才来买蜡烛。

老爷爷、老奶奶总说：

“我们家的女儿很内向又害羞，所以不好意思见外人。”

老爷爷每天在房间里埋头制作蜡烛。女孩突然想到，如果由自己绘图，客人应该会很乐意来买蜡烛。她把这个想法告诉老爷爷，老爷爷便回答她说：

“那你就画上喜欢的图案吧！”

女孩用红色颜料在白色的蜡烛上作画，从来没有人教过她，她却相当有天分地画出鱼、贝和海草等精美的图案。老爷爷看了十分讶异。不管是谁，看了这些图案都会想买蜡烛，这些画里蕴藏着不可思议的力与美。

“也是，毕竟这画不是出自人类的手笔，而是人鱼呀。”老爷爷和老奶奶聊起这件事，话语中满是赞叹。

“我要买画了图案的蜡烛。”从早到晚，不论是小孩或大人，来店里买蜡烛的客人都会这样要求。蜡烛画上图案后，果然大受欢迎。

不久后，还传出了令人大感不可思议的传闻。据说只要把绘有这些图案的蜡烛拿到山上的寺庙点燃，并把燃烧的余烬带在身上，出海时无论当天再怎么风狂雨骤，也绝不会发生渔船翻覆或渔夫溺死等灾难。不知不觉间，这样的传言开始传遍大街小巷。

“毕竟这是一座祭祀海神的庙啊，点燃美丽的蜡烛，神明肯定会欢喜的。”这座城镇里的居民纷纷这么说着。

蜡烛店里，由于画了图的蜡烛大卖，老爷爷便从早到晚都十分辛勤地制作蜡烛，女孩则在一旁忍着手痛，用红色的颜料作画。

“我根本不是人类，爷爷奶奶却还是这么疼我、用心养大我，我绝不能忘记他们的恩情！”女孩每每想起爷爷奶奶对自己的好，大大的乌黑双眼有时甚至会盈满泪水。

这个传闻甚至传到远处的村庄，引起居民的热烈讨论。要搭船的乘客和渔夫，即使住得很远，也希望能拿到这些蜡烛在神明前点燃后的余烬，因此纷纷特意远道而来。买了蜡烛后，便爬上山，进入寺庙参拜，点燃蜡烛供在神明前，等蜡烛愈烧愈短，便将余烬带走。因此无论昼夜，山上的寺庙里，蜡烛的火光一刻也未曾间断。尤其是夜晚，从海上也能望见那片绚丽的火光。

“真是多亏这里的神明保佑啊。”这些感激的话语广传到各地，使得这座山突然声名大噪。

众人对神明如此感恩，却没有任何一个人想到，女孩正一心一意埋头在蜡烛上绘图，因此也没有人替女孩感到可怜。

女孩相当疲惫，有时会在明月高挂的夜里，把头伸出窗外，眼里噙着泪水眺望远方，遥想着北方的湛蓝大海。

四

有一次，有个来自南方之国的香具师[①]。他来到北国，想找找有什么珍奇的商品可以带回南方卖钱。

香具师不知道是从哪里听闻得知，或是什么时候看到过女孩的模样，便看出其实她并非人类，而是世间罕见的人鱼。有一天，他悄悄拜访这对年迈的夫妇，在女孩不知情的情况下对老夫妇说："我会给你们一大笔钱，就把那条人鱼卖给我好吗？"

一开始，老夫妇心想：那女孩是神明赏赐的孩子，怎么能把她卖掉！这样一来肯定会遭受天谴，因此不愿答应。即使一而再，再而三被拒绝，香具师却始终不放弃，一再前往店里，并对老夫妇说：

① 走江湖表演杂耍的艺人。

“自古以来，人鱼就被视为不祥的生物，如果不趁早让她离开，一定会有灾厄降临！”香具师像煞有介事，说着编造的谎言。

老夫妇最终还是相信了香具师的话，再加上可以大赚一笔，到最后，两人还是抵不住金钱的诱惑，答应把女孩卖给香具师。

香具师欢天喜地地离开了，并说这几天他就会来把女孩带走。

女孩得知这件事之后，内心震惊不已。女孩的个性腼腆又柔顺，想到要前往离家几百里远、陌生又酷热的南国，就觉得十分惊惶，因此她哭着哀求老夫妇：

“我会更努力工作的，请不要把我卖到陌生的南国去！”

然而，这对老夫妇早已被贪念蒙蔽了双眼，不论女孩如何请求，他们都听不进去。

女孩把自己关在房间里，全神贯注地在蜡烛上作画。但老夫妇两人看着这样的情景，既不同情也不觉得难过。

那是个明月皎洁的夜晚，女孩独自听着海浪声，想到自己未来的命运，不禁悲从中来。听着波浪拍岸的声响，总觉得远方仿佛有个声音正在呼唤自己，便从窗户往外窥看，却只看到月光漫无边际地映照在湛蓝的大海上。

女孩再度坐下，继续在蜡烛上绘图。此时，屋外传来一阵骚动。之前那个香具师，终于在那天晚上前来准备带走女孩了。他用车载来一个方形的大箱子，外面镶有铁条。箱子里，曾经装过老虎、狮子和豹等猛兽。

对香具师来说，这尾温顺的人鱼，不过是海里的低等兽类，所以就用对待老虎和狮子的方式对待她。女孩看到这大箱子时，肯定会无比震惊吧。

女孩对此毫不知情，正低着头画画。这时，老爷爷和老奶奶走进屋里对女孩说：

“好了，你该走了。”说完，便准备把女孩带出去。

女孩被迫站起了身，因此无法继续给手上的蜡烛作画，便把整支蜡烛涂满一片红色。

女孩留下两三根红色的蜡烛，用以纪念自己悲伤的回忆，之后便离开了。

五

这个夜晚一片宁静。老爷爷和老奶奶关上门上床入睡了。

到了半夜，门外传来咚咚的声响，有人正在敲门。年纪大了，对声音特别敏感，老奶奶听到敲门声，心里想着不知道是谁，便出声询问：“哪位？”

但那人却不回应，只是不断地咚咚地敲门。

老奶奶从床上起身，把门开一道小缝往外窥探，发现一个脸色苍白的女人站在门口。

女人是来买蜡烛的。老奶奶心想，既然多少也能赚点钱，就绝不能显露出厌烦的表情。

老奶奶把装有蜡烛的盒子拿出来给女人看。这时，老奶奶大吃一惊。她发现女人一头濡湿的黑色长发，在月光下闪闪发光。女人从盒子里拿起火红的蜡烛，并且直直盯着看了许久，最后才终于用硬币付钱，并拿着红色的蜡烛离开了。

老奶奶在火光下仔细查看那些硬币，才发现那是贝壳，根本不是钱。老奶奶心想自己被骗了，便赶忙追出家门，但左看右看，却再也看不到那女人的身影了。

就在那天夜里，忽然天色骤变，已经有一段日子不曾出现的狂风暴雨骤然来袭。香具师把女孩装入笼里，搭船准备前往南国，此时，这艘船正在海上行驶。

“风雨大成这样，那艘船可无法承受啊。”老爷爷和老奶奶发着抖说道。

黎明时分，海上一片昏暗，呈现出一片骇人的光景。那天晚上，遇难的船只数不胜数。

不可思议的是，只要红色蜡烛在山上的寺庙里点燃，无论原本多好的天气，当天夜晚都会突然风狂雨骤。自此以后，红色蜡烛便被众人视为不祥之物。蜡烛店的老夫妇认为这是神明的惩罚，从此便关了蜡烛店。

但似乎有人每天晚上都会前往寺庙，点燃那红色的蜡烛。以往，在这座寺庙里点燃绘有图案的蜡烛，再把余烬带在身边，就绝不会在海上遭遇灾难；然而如今，只要见到红色蜡烛，那些人都必定会罹难，在大海中溺水身亡。

这样的传闻迅速在众人间广传开来，于是，再也没有人前往山上的寺庙参拜。就这样，曾经灵验的神庙，如今成为镇上人人避之唯恐不及之处。之后所有人都开始抱怨，认为这种寺庙不应该出现在镇里。

搭船的乘客从海面望向山上的寺庙时，都觉得相当可怕。每到夜晚，北方海域必定会变得诡谲怪诞。无论望向何方，只见汹涌的海浪一波接着一波，永不停歇，最后在岩石上碎裂，不断涌出白色泡沫。每当月光从云隙间流泻，映照在波涛起伏的海面时，总令人感到毛骨悚然。

在一片漆黑、不见一点儿星光的雨夜，波浪承载着蜡烛的火光起伏摇摆，有人看到那烛火愈升愈高，闪烁着朝向山上的寺庙飞舞而去。

过不了几年，山脚下的城镇也走向衰亡，不复存在了。

来到港口的小黑人

『啊！我该怎么办才好？』姐姐用双手抓着自己的一头长发，难过地说，『这个世界上还有另一个我，那个我应该比这个我更亲切、更善良吧，她自始至终都把弟弟带在身边……』姐姐感到刺骨的痛，后悔不已。

『那座岛在哪里呢？我一定要去看看！』姐姐说。

看起来才刚满十岁的男孩正吹着笛子。那只笛子吹出的笛声，一时如秋风吹飞朽叶一般哀戚，一时又像是春天的晴空下，森林绿荫中某处传来的鸟叫声一般可爱。

听闻那阵笛声的人，都会好奇是谁吹奏得如此精妙，又如此悲伤，纷纷靠近察看。这才发现那竟是个十岁的男孩，而且那孩子不只看起来相当孱弱，还双眼失明。

人们看到这样的情景，更是大感意外。

“这孩子未免也太可怜了。”每个人心中都这么想。

但是，那里不只有那个男孩一人。有个十六七岁、看起来像是他姐姐的美丽女孩，正随着男孩吹出的笛声，唱起歌、跳起舞来。

女孩身穿水蓝色和服，留着一头长发，双眼如同星星般闪烁清亮，而她赤着双脚在海沙上轻快舞动的姿态，就如花瓣随风飞扬，又如蝴蝶在原野起舞。女孩似乎十分害羞，压低了歌声。由于声音太小，众人都听不出来女孩唱的是哪首歌，然而听了那曲调，人们的思绪便如飘向远方的天空，又如徘徊在寒风萧瑟的森林深处般无所依靠，令人深感悲戚。

没人知道这对姐弟来自何处，他们每天都像这样来到这里唱着歌、吹着笛子赚钱。人们从未见过演出得如此哀伤、如此美妙，又如此柔情的卖艺人。

他们两人无父无母，也没有其他能够依靠的人。两人就这样被父母遗留在这个广阔的世界，不得不陷入这样辛苦的处境，特别是身体孱弱、双眼失明的弟弟，就只能与姐姐相依为命。温柔的姐姐打心底怜惜她那不幸的弟弟，即使要牺牲自己的生命，她也会拼尽全力保护弟弟。这两姐弟感情之好，可谓世间罕见。

弟弟天生便是吹笛好手，姐姐则天生就有一副好嗓子，因此不知从何时开始，两人来到临近港口的广场，吹笛、唱歌给聚集在这里的人们听。

每当日出之时，只要天气晴朗，两人必定会来到这里，从无例外。姐姐会牵着失明的弟弟，整日在此和着笛声唱歌，到了太阳西沉时，两人便又离开，不知回到何处。

阳光璀璨，当温暖的风飞越柔软的草地，笛声与歌声便彼此相缠，往明亮的南海方向传去。

虽然姐姐每天都这样跳舞、唱歌，但只要听到弟弟的笛声，便丝毫不觉得疲倦。

这个原本内向的女孩，在大批群众围观、众人的目光都聚集在自己身上时，她会觉得十分害羞，歌声也自然而然愈来愈低、愈来愈小声。然而此时，只要仔细倾听弟弟吹出的笛声，她就会感觉自己在广阔无边、繁花盛开的原野中一个人自由自在地飞舞，于是便大胆地如同蝴蝶一般轻巧地弹起身躯，欢欣地翩然起舞。

那是夏日的某一天，太阳一早便高挂天空，蜜蜂正在花瓣中一步步探索，耸立在广场另一头的树丛，就像身形高大的人寂静地站立般，在充满湿气的天空之下看起来分外显眼。

海港的方向传来停泊、起航的船只响起的笛声，听起来相当低沉。半透明琥珀色的明亮天空上，还留有黑烟残存的些微痕迹。那是来自一艘将要驶向远方的船，它在水蓝色的波浪中划出一道水痕。

那天，两人的四周如同往常般聚集了大批密集的人潮。

“我第一次听到这么美妙的笛声。”一个男人说。

“我去过很多地方，却从来没听过这样的笛声。听了这笛声，总觉得过去已经遗忘的事又一一从心底浮现，历历在目。”另一个男人这么说。

“那男孩虽然看不见，却把眼睛睁得大大的，真是太可爱了。”一个女人说。

“我没有看过这么美的女孩。”另外一位年纪较长、背着行李旅行的女人这么说。

“有这种美貌，应该就不需要这样卖艺了吧。那女孩这么美，任谁都会喜欢她呀。”一个个子矮小的男人踮高了脚望向此处说道。

“一定是有人在背后操控他们，逼他们赚钱。”

“不，那女孩不是这种卑劣的孩子，她肯定是为了弟弟才这么辛苦。”一个一直默不作声、一直看着女孩跳舞的女人说。

人们各自说出自己心中的想法。其中有些人把钱丢向姐弟俩的脚边；也有长篇大论了一番，却不知何时便不见踪影，连钱都没有给就离开的人。

终于，那天也安然无恙地到了黄昏时刻，海面上的天空染成了银灰色，西沉的夕阳看起来一团火红。人潮渐渐从那座广场散去。穿着水蓝色和服的姐姐呵护着弟弟，两人也准备要离开那里了。

有个陌生的男人走到姐姐面前，对她说：“是镇上的富豪派我来的，他想见见你，有话对你说，请跟我来吧。”

之前已经有很多人对姐姐说过类似的话，因此她心想：“又来了。”但这次的那位大富豪是出了名的富有，女孩实在无法断然拒绝，心中十分挣扎。

“他为什么想见我呢？”姐姐问那个富豪派来的男人。

“这我不清楚，你去了就知道了，但绝对不会有什么不轨的举动。”那个男人回答。

“我无法放着弟弟不管，自己离开，我可以带他一起去吗？”姐姐又问。

“富豪没有提到你弟弟，他似乎只想和你面对面说话，但绝对不会花你太多时间。我准备了马车，就在那里，而且还要一段时间天色才会完全暗下来……”那名男子不断说服她。

姐姐静静地思考了一会儿，似乎想到了什么。

“那你肯定能在一个小时以内让我回到这里吗？”姐姐向男人询问。

“这样恐怕来不及，请看在我特地前来拜托你的分儿上，搭上那辆马车，尽快前往富豪的宅邸吧，现在他正等着见你呢。”男人说道。

弟弟手上拿着笛子在另一边的草地上，乖乖等着姐姐回到他身旁。

姐姐陷入沉思，晚风不停吹动和服的下摆，她仍然光着脚。她往弟弟身边走近，接着对双眼看不见却仍堆满微笑迎接自己的弟弟温柔地说：“姐姐有事要去一个地方，你留在这里不要乱跑，姐姐很快就回来了。”

弟弟用看不见的双眼，朝向姐姐所在的方向。

“姐姐会不会再也不回来了？我总有这样的预感。”弟弟说。

“怎么说这么悲观的话呢？姐姐不到一个小时就会回来了。”姐姐回答，她的眼眶盈满了泪水。

弟弟似乎终于愿意听从姐姐的话，默默地点了点头。

那个男人带领姐姐坐上豪华的马车，马蹄在沙地发出嗒嗒声，在傍晚的天空之下扬长而去。

弟弟听着那阵嗒嗒声渐渐远去、变得微弱，

直到完全听不见为止，他始终坐在草地上，仔细侧耳倾听。

一个小时过去、两个小时过去了……姐姐还是没有回来。不知不觉间，天色已经完全暗了下来，整片沙地吸收了些微湿气，夜晚的天色像是注入了深蓝色一样变得深沉，星星闪烁，发出点点星光。海港的方向天色微亮，就像吸饱了水一样，然而双眼失明的弟弟，就算想看也看不见。

微暖的海风，不时在暗夜中从海面上吹来，吹拂到正等待姐姐回来的弟弟脸上，弟弟再也忍不住地哭了起来，并不安地想着：姐姐到底去哪里了？会不会从此再也不回来了？想着想着眼泪便不停地流下。

弟弟想起，姐姐总是随着自己吹奏的笛声翩翩起舞，如果听到自己吹的笛声，姐姐一定会想起自己，回到自己身边吧。

弟弟全神贯注地吹响笛子，过去他不曾如此用心吹奏。弟弟心想，姐姐应该会在某个地方听到这曲笛声吧，听到之后，肯定会想起我在等她，就会回来我身边了。于是弟弟聚精会神地吹起笛子。

这时，正好有一只天鹅在北海弄丢了自己的孩子，伤心欲绝地起程回南方去，途中经过这里。

天鹅默不作声地跨过高山、穿越森林、横渡溪流，把湛蓝色的大海远远抛在身后，朝向南方而去。感到疲惫时，天鹅就会停在溪流边，让翅膀休息后，再度飞上天空继续旅程。失去了心爱的孩子，天鹅连唱歌的心情也没有了，它就只是默默地在暗夜的星空中不停飞翔。

突然间，天鹅听到一阵哀伤的笛声，那听起来不像是一般人能吹奏出的音色。天鹅很清楚，吹笛人心中必定有所烦恼，才可能吹出这样的音调。天鹅失去了孩子，感受到深切的哀伤，因此听得出那只笛子的音色。

天鹅听到那像是看不见的细线断裂后，再度响起的哀戚音色，便放慢翅膀摆动的速度，在夜空中盘旋了片刻后，终于找到声音的来源是广场。天鹅小心翼翼地在那个广场降落，并且发现那里有个少年正坐在草地上吹着笛子。

天鹅往少年身边靠近。

“你为什么在这样的地方，独自一人吹着笛子呢？”天鹅问。

双眼看不见的少年听到这温柔的说话声，心想有人很亲切地来关心他，便将姐姐去了别处，把他留在这里的事原原本本地说了出来。

“真可怜啊，我代替姐姐照顾你吧。我是一只失去孩子的天鹅，打算回到远方的国家。我们两个一起前往南国，在风平浪静的岸边吹笛子、跳舞度过每一天吧。我现在就把你的外貌变成和我一样的白鸟，因为我们必须飞越海洋和高山……”天鹅说。

于是，双眼看不见的失明少年幻化为白色的鸟儿。夜里，两只天鹅就从这孤寂昏暗的广场飞向上空，俯瞰着为天空染上一抹幽微亮光的港口，横越海港，往远方的某处飞去，身影渐渐消失。之后，星星开始在空中闪耀，整片大地陷入黑暗、沾染湿气，草木静静地沉睡。

天鹅离开后过了很久，姐姐才从富豪的宅邸回来，由于花费的时间远比预想的久，姐姐很担心弟弟的状况，但一回到港边，却没有看到弟弟的踪影，她到处都找遍了，却怎么也找不到弟弟。星光微微照亮地面，姐姐发现以往从未见到的月见草正盛放着可爱的花朵，而姐姐的水蓝色和服衣领上的宝石也前所未见地在星光的照射下闪闪发光。

从第二天开始，姐姐就像发了疯似的，光着脚走遍港边的每座小镇寻找弟弟的下落。

月光就如微湿的丝线般，映照着天空下海港小镇的屋顶。那里的水果店门口正堆着来自远方岛屿的船运来的水果，当月光洒落在那些水果上，水果便飘散出无以名状的香气；酒铺里来自各地的人们聚在这里唱歌、喝酒、谈笑，月光也洒进那间店的玻璃门里；停泊在海港的船只上，旗帜正挂在桅柱上摇曳，月光也映照在上面。海浪用一如往常的慵懒步调，涌向沙滩后再返回海面。

姐姐茫然地望着那些景象，陷入深深的悲伤，不停找寻弟弟的踪迹，但她怎么找也找不到弟弟。

有一天，一艘来自外国的船驶入这座港口，不久后，相貌各异的人们一脸欢欣地走上港边的陆地。看起来似乎是来自南方的人，他们的动作轻快，脸因为阳光而晒得黑黑的，手上提着藤编的提篮。在这群人之中，有个个子矮小且皮肤黝黑的人，姐姐从未见过这个人。

这个矮小的黑人走在路上，太阳正高挂空中。他一脸稀奇地东张西望，忽然在街角处遇上身穿水蓝色和服的女孩。女孩觉得小黑人的样貌很奇特，便回头看着他。这时，小黑人突然停下脚步，一脸不可思议地盯着女孩的脸，看着看着便走近她面前说：“你不是那位在南方的岛上唱歌的女孩吗？你什么时候来到这里了呢？我离开那座岛的前一天还看到你在岛上呀！”

姐姐突然听他这么一问，感到十分讶异。

“不，我从未去过南方的岛，你一定是认错人了。”姐姐回答。

“不、不，我没有认错人，她和你看起来一模一样，穿着水蓝色和服，身边有个只有十岁、双眼看不见的男孩吹着笛子，你配合他吹奏的曲调唱歌又跳舞，就是你没错。”小黑人用十分疑惑的眼神盯着女孩说。

姐姐听了他说的话之后更讶异了。

“只有十岁的男孩吹着笛子？而且那个孩子的双眼失明？”

“这对姐弟的故事在岛上是一段佳话。那女孩美丽动人，所以有一天岛上的国王命人抬着金轿子去迎接她，但女孩不忍心丢下弟弟，便拒绝了邀约。那座岛上有许多天鹅，每当两人在岸边吹着笛子、跳着舞时，就会有一大群天鹅来到海岸，它们在傍晚的天空中飞舞时，场面可是非常壮观哪！”小黑人回答。听完之后，这女孩还是一脸觉得对方认错人的表情。

“啊！我该怎么办才好？”姐姐用双手抓着自己的一头长发，难过地说，“这个世界上还有另一个我，那个我应该比这个我更亲切、更善良吧，她自始至终都把弟弟带在身边……”姐姐感到刺骨的痛，后悔不已。

“那座岛在哪里呢？我一定要去看看！”姐姐说。

这时，小黑人指着港口的方向，并回答：“离这里几千里远的地方，有片银色的海洋，横越那片大海后登上陆地，会看到好几座积着白雪反射日光的连绵高山，跨越那些高山后才能抵达小岛，那可不是能够轻易到达的地方。”

此时此刻，夏日的太阳渐渐往西沉，为海面染上一抹色彩，天空如同昨日一般，看似正燃烧着熊熊的红色烈火。

牛女

但是一到冬天，白雪覆盖群山、降在村落时，西边的山上再度清楚显现出牛女的黑色身影。村庄里的大人和小孩在整个冬季期间，都不停地谈论关于牛女的传言，而牛女留下的孩子则每天都会站在村庄的郊野眺望西山上那令他思念的母亲的身影。

一座村庄里，有名个头高大、身形壮硕的女人。她实在太高了，所以走路时总是低着头。这个女人是哑巴，性格相当温柔，动不动就哭，对她唯一的孩子十分疼爱。

女人总是穿着黑色的衣物。她和孩子两人相依为命，村庄里的人经常看到她牵着还年幼的孩子走在路上。由于这个女人身形高大、个性温和，不知道是谁帮她取了个名字，叫“牛女”。

村里的孩子们，看到这个女人经过，就会大喊“牛女”来了，像看到什么稀奇事物一样。一群人跟在她身后说三道四的，但女人又聋又哑，听不见他们说的话，因此便不发一语，像平时一样低下头慢步离去，看起来十分可怜。

牛女对自己的孩子异常疼爱。她很清楚自己是残疾人，孩子则是残疾人的小孩，可能会因此遭人嘲笑；孩子没有父亲，所以也没有其他人能帮助她一同养育。

由于这些因素，她对孩子更加心疼，因此十分宠爱他。

那孩子是个男孩，很黏母亲，不管母亲去哪里他都会跟着去。

牛女是身形高大的女人，力气也是一般人的好几倍，再加上性情温顺，人们都会请牛女帮忙做粗重的工作。担柴、搬石，或是背行李等各种工作都会委托她。牛女十分辛勤地工作，并用那些工资，和儿子一起度过一天又一天。

如此高大又力大无穷的牛女也生病了——不管是什么样的人，大概都难逃病魔的侵袭，而且牛女的病情一天比一天严重，后来甚至无法工作了。

牛女心想：自己说不定会死，如果自己死了，该把孩子托给谁照顾呢？一想到这里，牛女觉得自己就算死了也不会瞑目，她的灵魂即使幻化成他物，也肯定会守护着这孩子的未来。牛女温柔的大眼中，豆大的泪珠扑簌簌地流下。

然而，牛女似乎也无法掌握命运，她的病情加重，最终还是死了。

村庄里的居民都觉得牛女身世可怜，一想到她的孩子不知道该如何安置，大家都深深为她感到难过。

人们聚集在一起，为牛女举办葬礼，将她埋在墓地。至于牛女留下的孩子，大家决定共同照顾，将他抚养成人。

于是，孩子不断从现在的家搬到另一个家，他就在这样的岁月里渐渐长大。然而一则以喜、一则以忧，这孩子对死去的母亲思念不已。

经历春天、夏天和秋天后，村里迎来冬天，这孩子对过世母亲的思慕之情一天比一天更深。

那是冬季的一天，孩子站在村庄的郊野，望向远方位于国界的群山，发现一座高山的山腰处清楚地浮现出母亲的模样，在纯白的雪地上呈现出一抹黑影。看到这个景象，孩子十分讶异，却无法对任何人诉说。

每当这孩子思念母亲时，便会来到村庄的郊野，望着远方的山。只要是天气晴朗的日子，就一定能看到母亲的形象清楚浮现，而母亲也会静静地一直望着他，感觉就像默默守护着孩子。

孩子无法把这件事说出口，但后来村民终于发现了这件事。

“牛女在西方的山上现身了。”这件事一传十，十传百，很多人都听说了，于是大家便外出前往眺望西方的高山。

“她一定是挂念孩子，才会出现在那座山上。”人们异口同声地说。在天气晴朗的傍晚，孩子们会远望西边国界上的山，一同喊着：“牛女！牛女！”直到离开为止。

然而，春天在不知不觉间来临，随着白雪日渐消融，牛女的身影也愈来愈模糊，等到春天过了一半，积雪完全融化后，就再也看不到牛女现身了。

但是一到冬天，白雪覆盖群山、降在村落

时，西边的山上再度清楚显现出牛女的黑色身影。村庄里的大人和小孩在整个冬季期间，都不停地谈论关于牛女的传言，而牛女留下的孩子则每天都会站在村庄的郊野眺望西山上那令他思念的母亲的身影。

“牛女又在西边山头出现了，她这么放不下孩子，真是可怜。”村民如此说道。因此他们都十分费心照料那个孩子。

没过多久，当春天降临，气候暖和起来时，牛女的身影和白雪一同消失得无影无踪。

就这样一年又一年，每年牛女的黑色身影都会出现在西边的山上。在这段时间里，孩子愈长愈大，便开始在距离这座村庄十分近的小镇上的商家打工。

孩子到了小镇后，还是会去西方山上看看心中想念的母亲。这孩子离开后，村里的人依旧会谈论每当下雪时就能在西山见到牛女身影的事，母亲和孩子彼此挂念之情令众人感叹。

“哎呀，牛女的身影愈来愈看不清楚，看来天气该变暖了。”到了后来，村民说起牛女，却成了季节变换的象征。

一年春天，商家再也不让牛女的孩子去看西方山上母亲的身影，于是他便径自离开商家，搭上火车前往南方的国家，舍弃他的故乡。

村里的人和镇上的居民，已经没有任何人能够得知那孩子后来的情况。不久后，夏天过了，秋天也走了，冬天再度来临。

很快地，群山上、村庄里和小镇上都堆满了积雪，然而不可思议的是，不知为何，只有今年没能在西方的山上见到牛女的身影。

大家没有看到牛女出现而觉得很奇怪，纷纷谈论道：“大概是因为孩子已经不在小镇，牛女也不需要再守护他了吧。”

那年冬天不知不觉过去了，差不多该是春天要来的时候了，但小镇里还有许多地方都留有积雪。一天夜里，有个身形高大的女人在镇上缓慢地走着，看到这幕景象的人都惊讶得说不出话来，因为那个女人正是牛女。

牛女为何出现？又从何而来呢？居民都在谈论这件事。那天之后，人们也不时在深夜里看见牛女落寞地在小镇中游走的模样。

“牛女八成不知道孩子已经离开故乡了吧。所以就在镇上四处奔走，寻找自己的孩子。一定是这样！”居民一致如此认为。

积雪完全没有消退，小镇里也同样积着雪。已经到了树木都长出银色的芽，夜晚也会维持淡淡亮光的季节。

有人说在某天晚上，看到牛女站在小镇昏暗的马路中央，默默地掉泪。但是在那之后，再也没有人看到牛女出现了。不知为何，牛女从此再也不来这座小镇了。

从那年之后，即使到了冬天，牛女的身影再也不曾出现在山上。

牛女的孩子前往南方不下雪的国家后，在那里辛勤地工作，后来变得相当富有。这时，他开始想念自己出生的国家，虽然母亲已经不在人世，他也没有兄弟姐妹，但年幼时有许多人都用心地抚养过自己。他想起那些好人，还有村里的一切。他心想，必须向那些人道谢才行。

孩子带着大批伴手礼和一大笔钱，历经遥远的路程回到了故乡，并对村民们郑重道谢。村庄里的人看到牛女的孩子出人头地都相当欣喜，并且向他道贺。

牛女的孩子心想必须建立自己的事业，便买下村子里一大块广阔的土地，种了很多苹果树，等到长出硕大的苹果后便卖到各国去。

他雇了许多劳工，费心为树木施肥，到了冬天则搭起围篱，以免积雪压断树枝。过了一段时间，树木愈长愈高大，一年春天，苹果的花开始绽放，广阔的果园里看起来就像积了满地白雪一样。太阳终日在花朵上方照耀，蜜蜂则从早晨到黄昏都在花朵中飞来飞去。

到了初夏时期，小颗的绿色果实开始丛生，当果实正愈长愈大时，却一下子就蛀满了虫，整座果园的苹果都掉落了。

第二年、第三年都发生了同样的状况，苹果的果实都掉落了。其中多半有什么缘由。有一次，村里通晓各种事物的大叔问牛女的孩子：“说不定有鬼怪作祟，你有没有什么头绪？”那时，牛女的孩子什么也想不到。

但是当他静下来思考后，想起自己离开小镇前往远方时，未曾征求母亲灵魂的同意，而且回到故乡后，也只有去母亲的坟前祭拜，还没有为母亲安排法事。

他想起母亲如此疼爱自己，就连死后还那样守护着他，相对于此，自己实在太过冷淡了，肯定是因为母亲生气了才会这样。因此他恳切地祭奠母亲的灵魂，请来了和尚，还邀请村里的居民，真心诚意为母亲举办了一场法事。

来年春天，纯白色的苹果花如雪般盛开，到了夏天便结出绿色的果实。过去每年到了这个时期就会有可恶的蛀虫出现，今年实在很希望能结出满满的果实。

于是，那年夏天的傍晚，不知道从哪里飞来一大群蝙蝠，每天夜里都会飞到苹果园上空盘旋，把咬烂苹果的害虫全都吃光。其中有一只体形特别大的蝙蝠，那只蝙蝠看起来就像女王一般，率领着其他蝙蝠。不论是圆月从东边的天空升起时，或是乌云出现使天色一片漆黑的夜晚，蝙蝠都会在苹果园的上空盘旋。那一年，苹果没有遭到虫蛀，结出累累的果实，比预期中还要丰收。村庄里的人都在聊着："一定是牛女化身成蝙蝠来守护孩子了。"这份温柔深刻的亲情，让人从心底替她感伤。

接下来，第二年，第三年，一到夏天就会有只大蝙蝠率领一大群蝙蝠，每天晚上在苹果园上方盘旋，因此苹果得以逃过虫蛀的厄运，结出满树的果实。

就这样过了四五年后，牛女的孩子已经成为幸福快乐的农夫了。

月亮与海豹

月亮对这头海豹一直无法忘怀。太阳可以在旅途中开心地俯瞰热闹的街道、开满群花的原野，月亮却始终只能在旅程中看着孤寂的城镇和一片黑暗的海洋，以及哀伤的人类生活的样子，还有因为饥肠辘辘而痛苦的野兽生存的模样。

北方的大海，冻成一片银白色的冰层。在这漫长的冬日里，太阳久久才露一次脸。这是因为太阳不喜欢阴晦之处。因此海面就像死鱼眼般，一片混浊阴郁，每天都下着雪。

一头海豹妈妈趴在冰山顶端，怅然若失地望向四周。那头海豹有颗温柔的心，它始终无法忘记自己心爱的孩子，那孩子在刚入秋时就不见了踪影，因此海豹妈妈就这样日复一日地四处张望。

“到底跑哪儿去了……今天也没看到它。”

海豹心想。

冷冽的寒风片刻不停地袭来。失去孩子的海豹，触目所及的一切都令它伤心不已，像是看到原本一片湛蓝的海面，在这个时节成了整片银色，或是看到白雪落在自己身上时，都让海豹妈妈忍不住感到悲伤。

猛烈的风发出猎猎的声响，让人感觉不太舒服，海豹却也忍不住向狂风倾诉：“我还能再见到我那可爱的孩子吗？”伤心的海豹用了无生气的声音开口询问。

一直自顾自在海面上肆虐的暴风一听到海豹这么问，便暂时停止呼啸。

“海豹啊，你因为心中挂念着失踪的孩子，所以每天都趴在那里吗？我不知道你为什么老是待在那里。我现在正和大雪一较高下，看看它和我谁能占领这片海洋，现在正拼了命比赛呢。对了，我在这大海上跑遍了各个角落，却都没有见到小海豹，它说不定躲在冰下正在哭泣……你以后要小心看好它。”暴风对海豹妈妈说。

“你真是亲切。不管你们让这里变得多么寒冷、多么冰凉，我还是会忍着酷寒留在这里。麻烦你，在这片海洋四处奔驰时，如果看到我的孩子正哭着找妈妈，请务必告诉我。无论如何，我都会跨越冰山雪地去带它回来的……”海豹眼中盈满了泪水。

暴风虽然赶着前行，还是回头对海豹说：“可是，海豹啊，秋天时猎捕海豹的船已经来过了这一带，如果那时小海豹已经被人类抓走，就回不来了哟。这次我会仔细寻找，如果还是找不到，你就放弃吧。”暴风说完，便又狂奔而去。

听完暴风说的话后，海豹便难过地哭了起来。

海豹每天都等着风为它带回消息，然而等了又等，和海豹约定好的那阵暴风却再也没有回来。

“它发生什么事了吗……”

海豹开始忍不住担心起那阵风。时间不断流逝，风也吹个不停，但海豹却没有再见到之前吹向自己的那阵暴风。

“喂、喂，你之后会往哪个方向去呢？”海豹向此刻经过它面前的狂风询问。

“这个嘛，倒也没有特定的方向。我们就只是跟着其他风的方向吹过去而已。”这一阵狂风回答。

“很久之前有一阵暴风经过，我请它帮我一个忙，我想知道它的回复……”海豹哀伤地说。

“这么说来，和你约定好的那阵暴风大概还没回来吧。我不知道会不会遇到它，如果遇到了，就帮你转达。”说完，那阵狂风也消失得无影无踪了。

海面呈现出一片灰色，海洋正静静地安睡，而暴雪和狂风的竞赛还在持续，雪块碎裂，雪花飞舞。

就这样过了好久好久，海豹突然想起不知是何时月光曾映照在自己的身体上，并问它：“你很孤单吗？”

那时它仰望着月亮回答：“孤单到无法承受！”海豹向月亮倾诉。

海豹想起，当它回答完后，月亮一直盯着它，一脸若有所思的表情，但后来就躲进黑色的云层后面去了。

孤寂的海豹就这样日日夜夜趴在冰山顶端，思念它的孩子，等风带来消息，有时也会想起月亮。

月亮对这头海豹一直无法忘怀。太阳可以在旅途中开心地俯瞰热闹的街道、开满群花的原野，月亮却始终只能在旅程中看着孤寂的城镇和一片黑暗的海洋，以及哀伤的人类生活的样子，还有因为饥肠辘辘而痛苦的野兽生存的模样。

月亮看遍人世间各种哀伤，早已麻木，没有什么特别的感觉，但每当月亮看到失去孩子的那头海豹夜里也不愿入睡，只在冰山上悲伤地号叫，这番情景让月亮从心底感到同情。因为这片大海太过晦暗、太过冰冷，没有任何一样事物能使海豹感到开心。

"你很孤单吗？"月亮轻声说道，海豹便对月亮倾诉心中的悲伤。

然而，月亮仅凭一己之力，也无法为海豹做些什么。从那天晚上开始，月亮一直想做点什么，希望能尽量让这头可怜的海豹感到一丝安慰。

一天夜里，月亮俯瞰灰色的海面，一面挂念着海豹妈妈现在怎么样，一面在天空中迅速移动。那天一如往常，寒风刺骨，云层在低空处飞越冰山。

那天晚上，伤心的海豹仍旧趴在冰山顶端。

“你很孤单吗？”月亮温柔地问它。

和之前相比，海豹又瘦了一些。

听到月亮的询问，它满脸哀伤地抬头望向天空：“很孤单！我还没找到我的孩子。”海豹再度向月亮倾诉。

月亮一脸苍白地看着海豹。月亮是看到海豹瘦得可怜的身体，才显现出苍白的颜色。

“我看遍这世界上的所有事物，不如说一些远方国家的趣事给你听吧。”月亮对海豹说。

海豹听完摇摇头说：“拜托告诉我：我的孩子到底在哪里？之前有一阵风答应我，如果发现我的孩子就会通知我，但它到现在还没回来。我对其他事情没有兴趣，如果你知道世界上发生的所有事，请告诉我：我的孩子现在怎么样了？”海豹向月亮请求。

月亮听完这些话后，不知道该怎么回答，于是便沉默不语。在这个世界上，孩子不见的、被抢走的或是被杀死的生物数不胜数，不是只有海豹而已。这种伤心事到处都有，月亮不可能全都记得。

“光是这片北海，失去孩子的海豹就已经多到数不清。但你很爱自己的孩子，所以更加伤心，而我也因此觉得你很可怜。这几天，我找些能让你开心的东西给你吧……”月亮说完，又躲到云后面去了。

月亮绝不会忘记自己对海豹许下的承诺。一天夜里，南方的原野中，有一群年轻的男人和女人在盛开的花丛里吹笛、打太鼓和跳舞。月亮在天上望着这样的情景。

这一群男女都在做畜牧的工作。这个地区正值温暖的时节，人们都必须下田耕作。一整天在田里忙碌，到了傍晚，大家就会在月光下像这样跳起舞来，以忘却那一天的疲惫。

男人会在朦胧的月色下，把牛羊赶回去。女人则会在花丛里休息，接着便不自觉地沉醉在花香中，吹着煦煦微风，打起瞌睡。

这时，月亮看到一个小太鼓被丢到草原上，便打算把它拿去给那头伤心的海豹。

没有一个人发现，月亮伸手捡起了太鼓。那天晚上，月亮背起太鼓往北方移动。

北方的大海，仍然是一片银白色的冰层，冷冽的风不停地吹着，而海豹则趴在冰山上。

“喏，我答应要给你的东西带来了。”月亮说完，就把太鼓拿给海豹。

海豹似乎很喜欢那个太鼓。太阳短暂露脸后，当月亮开始映照这一带的海面时，冰层开始融化，在波浪起伏之间，还能听到海豹敲响的太鼓声。

受伤的轨道与月亮

月亮开始思考到底是谁不对，然后，月亮决定开始观察人类。它往下飞到街道上，看了看四周，但这时大概是因为时间已经很晚了，大家都紧闭着窗户。忽然，它看到一间房子，二楼用的是玻璃窗，于是月亮便从窗外窥探。此时，屋里一个可爱的小婴儿正好醒来，他看见月亮时，便开心地笑起来了。

铁轨从小镇至村庄，从村庄至平原，接着再延伸到群山之间。

这里是距离小镇几十里之处。有一天，火车载着沉重的货物和大批乘客经过这里时，铁轨的某个部位损伤了。

铁轨感到疼痛不堪，流下泪来。它心想，应该没有谁比自己更不幸了吧。每天有好几次，都要让沉重的蒸汽车从自己的头上碾压过去，而蒸汽车对此却毫不在乎。不仅如此，太阳还猛烈地发出强光，就像在炙烤它的身体一样，即使慌忙地想逃进阴影下，铁轨也无法自由移动，因为粗大的钉子把自己的身体和枕木牢牢地钉在一起了。仔细想想，自己的身体到底有什么意义呢……铁轨想着想着便掉下泪来。

“你怎么啦？”一旁盛开的淡红色石竹娇羞地歪着头问它。

这些花总能让自己心情平静下来。淡红色石竹开口对它说话，铁轨心里十分开心。

“没什么，刚才我被蒸汽车弄伤了，也不是什么严重的伤啦，但我想起自己的命运，就觉得悲伤得不得了，所以才哭了出来。”铁轨回答。

“啊，原来是这样啊……像您这么强壮的铁轨，肯定是实在受不了才会落泪吧，我们这些花草则是不知道自己将会遭遇什么样的命运……听您这么一说，我想起来刚刚看到一大批木材、稻草包、石炭，还有一些不知道装了什么的箱子，把货车塞得满满的。还有，今天客车好像也比平时还长呢。山的另一头有海也有温泉，前去的人应该会把那里挤得水泄不通吧。话说回来，幸好您的伤没有很重。”花儿亲切地说。

铁轨用闪闪发光的脸望向石竹说：“你温柔地安

慰我，我真的很开心。前不久你还没开花的时候，我实在寂寞得很……”平日默默忍耐的铁轨，感动得几乎要哭出来了。

于是，一身淡红色的花忧愁地说：“但我们的生命也不长，天气这么热，让我的身体很虚弱。已经好久没下雨了啊。”

这时，狂风在铁轨上呼啸，把花朵吹得摇来晃去。

铁轨仔细倾听后开口说道：“雷阵雨好像就快要来了哟，远方已经雷声大作了。那声音还很远，所以你听不到，但我的身体绵延千万里，那阵声响就从远处传到我的耳朵里。”

花儿一边在风中摇摆一边回答：“真的吗？这样就太好了。”

这时，在花儿身上飞舞的风告诉它：“是真的哟，今天雷阵雨应该也会下到这里来，因为再过不久，云层就会快速逼近，挡住那道太阳光。”

铁轨很希望能快点淋淋雨水，让它那热得发烫的身体冷却下来，而石竹几乎就要渴死，也想早点儿吸取水分让自己舒服一点儿。

过了一阵，果然有几团黑黑灰灰的云奔腾而来，接着逐渐占领了一片蓝天，不知不觉间，就连太阳光也几乎遮挡住了。

像火烧般的一片红通通的原野瞬间变得凉爽，同时也慢慢昏暗了下来。从那时开始，轰隆隆的雷声便愈来愈大、愈来愈近。

铁轨和花朵都一声不响地望着天空骤变的模样。雨哗啦啦地下了起来，雨滴浇在花儿身上，接着淋在铁轨上，于是铁轨滚烫的身体冷了下来，雨水一边帮它刷洗伤痕一边说："哎呀，真是可怜哪……"

铁轨便泪流满面地向雨哭诉说："今天，我被冷酷的蒸汽车磨出伤痕，太阳却像以往一样，每天都毫不留情地从我头顶照射下来。"

骤雨听了之后便说："那实在是太可怜了，我已经帮你冷却身体，现在我们是时候该走了。之后月亮肯定会露面，它和太阳的性情不同，主掌万物命运的力量目前虽然比不上太阳，但听说以前月亮的地位可是很崇高的。你把这件事对月亮说吧，我想月亮听了你的倾诉，一定会善待你的。”雨用平静的语调提醒铁轨。

不久之后，云团果然离去，雨水也不再降下。清澈舒爽的晚空一片苍蓝，看起来就像吸饱了水一样透净。

那天夜里，照耀着平原的月亮比起往常看到的还要清亮，在那道亮光里，隐含着一股慈悲的光辉。温柔的花儿带着满身雨水，垂下头一早就入睡了；叶子底下的阴影里，传出昆虫的鸣叫声。

不知道是不是离去的阵雨悄悄向月亮说了那件事，月亮来到这片平原时，最先映照在铁轨上。铁轨对月亮诉说，今天蒸汽车把它弄伤的事。

“虽然不知道是怎样的蒸汽车，但做了这种事还佯装不知情，蒸汽车实在是冷酷。我会把你的痛苦传达给它，如果你认得出来是哪一辆车，请告诉我。”月亮说。

铁轨把蒸汽车的编号告诉月亮。

月亮迅速从小镇跨过村庄，再由村庄越至山

间，用尽全力奔走，寻找铁轨所说的蒸汽车。就在这时，有一列火车正在铁桥上奔驰。月亮往下方飘去，想看看是不是那辆蒸汽车，但编号却不相同。

月亮在一处又一处海岸、一片又一片原野上来来去去，并把所到之处行驶中的火车都查看过了。当中除了整列都是货车的，也有些火车同时串接了客车和货车。海岸边也有正在做海水浴的人，他们赞叹着："真是美丽的月夜啊。"他们或躺到沙滩上，或在暗夜的浪中游泳。客车上，人们从窗户里探出头，边眺望海景，边说说笑笑。

但是这列蒸汽车，同样并非月亮正在找的编号。就像这样，有许多火车几乎在同一时刻在地上行驶，铁轨说的蒸汽车，说不定进了隧道里或别的什么地方，总之月亮始终找不到它。

过了凉爽的一夜，铁轨已经把昨天的痛苦忘得一干二净，但许下承诺的月亮到了隔天夜里，仍然四处探查让铁轨受伤的蒸汽车。最后终于在一个车站里找到了那辆蒸汽车，它正在休息，而铁轨所在的平原，离此处十分遥远。

月亮快步走到蒸汽车上方，接着和平时一样，用平静的语调问道："你为何如此郁闷，动也不动呢？"

蒸汽车听到月亮说的这番话后，第一次开了口：

"你不知道我有多累！每天、每天，一天接着一天，我都被迫要行驶很长一段路程，昨天装载的货物，更是我从未负荷过的重量，所以一个车轮痛了起来。我对于那些货物，还有车厢里对这些事毫不在意地说笑聊天的那些人，忍不住憎恨起来……"蒸汽车倾诉着他心中的苦。

"这么说来，你的身体也受伤了吗？"月亮问。

"是啊，不知道在哪里和铁轨互相摩擦，弄伤了一个车轮。"蒸汽车回答。

月亮听完它说的话，觉得谁都没有错，它也无法因为把铁轨弄伤这件事责骂蒸汽车。

"那些货物要载到哪里去呢？"月亮进一步询问。

"目的地有好几个。大箱子运到港口的车站，石炭和木材则是运到其他镇上卸货了。”蒸汽车说。

“请保重……”说完，月亮便往港口的方向去了。一抵达港边，便发现汽船此刻正冒着烟准备起航。那艘船上，装载了数不胜数的大箱子。月亮飞快地来到汽船上方，照亮箱子。

“你们接下来要往哪儿去呢？”月亮问。

箱子默不作声，像是沉浸在某些思绪中，然而不久后，箱子仍然开口了：“我们也不知道会被送去哪里。离开故乡后，就在火车上待了好长好长的时间，然后现在又在这片广阔的大海上漫无目的地漂流，让我们忍不住不安了。”

于是，月亮开始思考到底是谁不对，然后，月亮决定开始观察人类。它往下飞到街道上，看了看四周，但这时大概是因为时间已经很晚了，大家都紧闭着窗户。忽然，它看到一间房子，二楼用的是玻璃窗，于是月亮便从窗外窥探。此时，屋里一个可爱的小婴儿正好醒来，他看见月亮时，便开心地笑起来了。

牛奶糖盒上的天使

好几百位牛奶糖盒上的天使，似乎都各自沉浸在不同的幻想中。其中也有些天使，希望灵魂能早点升上蔚蓝的天空；另外一些天使，则是想知道最后自己会遭遇什么样的命运，之后才回到天上。

湛蓝的美丽天空下，有座工厂耸立着几根烟囱，冒出阵阵黑烟。那座工厂里，正在制作牛奶糖。

生产出来的牛奶糖会装进小盒子里，运送至各地的小镇、村庄和大都市。

这一天，车上装载了一大批牛奶糖盒。那些牛奶糖从工厂穿过弯曲的道路，摇摇晃晃地被运到车站，再从那里出发，被运送到遥远的乡下去。

装着牛奶糖的盒子上画着可爱的小天使，但各个天使，却有截然不同的命运，其中有些被丢进纸篓中，和其他废纸一起被撕破丢弃；有些被丢进炉火中焚烧；还有一些，则是被丢在泥泞的道路上。

毕竟孩子们只是想吃盒子里的牛奶糖，而剩下的空盒子已经没有用处了。最后，丢在泥泞中的天使，就这样被装载着重物的推车车轮从上方碾过。

因为它们是天使，就算破损了、遭到火烧或车碾都不会流血，也不会觉得痛，它们待在这个世上期间，经历各种有趣和悲伤的事，最终，灵魂全都会飞向蔚蓝的天空。

现在正搭着车，穿越蜿蜒道路来到车站的天使，望着一片澄净的晴空、四周的树丛，还有建筑物林立的景色，自言自语地说着："那座冒着轻烟的建筑物，就是生产牛奶糖的工厂吧。真是美妙的景色，不仅能见到远方的大海，另一头也有繁荣的街道。如果要离开这里，我倒是想去那里的街道看看，一定会有些有趣或新奇的事物，但我现在已经来到车站，肯定会被装上火车，送去遥远的地方。如此一来，我不仅无法再回到这座大都市，更无法再见到这片景色了。"

天使即将离开这座繁荣的大都市，前往遥远的某处，对此它感到有点儿难过，但想到自己将要前去其他地方，便也抱着几分期待。

那天早上，牛奶糖已经在火车上晃啊晃地被运往目的地。天使在一片黑暗中，不知道火车现在正行驶在何处。

这时，火车已经穿过原野、山丘、村庄的郊野，并横跨宽阔大河的铁桥，朝向东北方疾驶而去。

那天傍晚，火车抵达一座冷清、狭小的车站，牛奶糖就在那里被搬下车，接着那辆火车再度出发，噗噗地冒着烟，往渐渐暗下来、一阵阵风掠过的原野行进。

牛奶糖盒上的天使不知道自己接下来会有什么样的遭遇，因此心中感到有些无助，却又有些期待。接下来，很快就被倒进装了满满牛奶糖的大箱子里，再运到那座小镇的糖果店。

一方面也是因为天空一片阴暗，太阳西沉后，小镇里就没什么人走动。天使在这座寂静的小镇待了几天之后，开始觉得自己说不定会在这里待上很久很久。如果真是如此，想必会无聊到无法忍受吧。

好几百位牛奶糖盒上的天使，似乎都各自沉浸在不同的幻想中。其中也有些天使，希望灵魂能早点升上蔚蓝的天空；另外一些天使，则是想知道最终自己会遭遇什么样的命运，之后才回到天上。

应该不用我特别提醒，这个故事里聊到的天使，只是众多天使里的一位。

有一天，男人推着手推车来到糖果店里，并把许多糖果装载上手推车，其中牛奶糖只有三十盒。

天使心想：之后我是不是又要被带到其他地方去了？到底要把我带去哪里呢？身处手推车里的天使被埋在暗处，只能听到手推车在石块上咯噔咯噔地弹跳，在一派悠闲的乡间道路上往前推的声响。

推着手推车的男人走到半路，似乎遇到另一个人，两人便一起同行。

“天气真好。”

“愈来愈舒服了。”

“这种好天气，雪也差不多应该都融了。”

“你要去哪里？”

“我要去那座村庄卖糖果。今年第一次有东京的商品运来这里。”

牛奶糖盒上的天使从他们的对话中得知，这一带的农田和菜园里，还有积雪残留。

进入村庄后，树丛上的小鸟发出啾啾的叫声，从这个枝头跳到那个的树梢，还是叫个不停；除此之外，天使还听到孩子们玩耍的声音。不知不觉间，手推车突然停了下来。

这时，牛奶糖盒上的天使心想：大概已经抵达村庄了。手推车的盖子终于打开，男人果然把牛奶糖拿了出来，放在这座村子里那间小小的廉价糖果店门口，另外也拿出其他各式糖果，并把它们全部排成一排。

廉价糖果店的老板娘把牛奶糖拿起来看了看。

“这些都是十文钱的牛奶糖吧？如果有五文钱的糖，还是卖那些给我吧。我们这里十文钱的糖果很难卖出去啊。”老板娘说。

“我只有十文钱的商品啊……这样的话，你就买个三四盒吧。”推车的年轻男子说。

“那给我三盒就好。”老板娘回答。

于是只有三盒牛奶糖被留在这家店里。老板娘把这三盒牛奶糖放进大玻璃瓶中当成摆饰，让客人从外面就能看到。

年轻男子推着车离开了。接下来，他应该会继续前往其他村庄吧。从同一间工厂生产出来的牛奶糖，搭乘同一辆火车，至此拥有相同命运，未来却得四散各处，彼此都无从得知其他天使的去处。说不定这个世界上的所有天使，都见不到其他天使，只能等某日飞向蓝天之后，才能聊聊各自在这个世上经历的命运。

天使从玻璃瓶里望着屋前流动的小溪，日光灿烂耀眼地映照在水面上。之后，太阳终于下山了。乡下的夜晚还有一丝寒意，并带着几分孤寂，但每当太阳升起，小鸟又会来到同样的树丛中鸣叫。这一天也同样有着好天气，云雾在另一头的山边环绕。孩子们来到糖果店门前玩耍，这时，牛奶糖盒上的天使开始幻想那些孩子会来买牛奶糖，然后把盒子丢进小溪里随着溪水漂流而去，流向远方的群山之间。

但就像老板娘说过的，农家的孩子们买不起要价十文钱的牛奶糖。

到了夏天，燕子迁徙至此，它们可爱的模样也在小溪的水面上成为倒影。到了阳光更加猛烈的酷暑，则有旅人来到店门口休息，天南地北聊了起来，但这段时间没有任何一个人来买牛奶糖，因此，天使既无法回到天上，也无法再前往其他地方。经年累月之下，玻璃瓶自然而然积了厚厚的污垢，也沾染了满满的灰尘。牛奶糖就这样，每天都过着郁闷的日子。

天气终于又开始变得寒凉。接着冬天到来，也开始飘雪了。天使对乡下的生活感到厌烦不已，却又无可奈何。这一天，刚好是它来到这家店满一年的日子。

糖果店门口站着一位老奶奶。

“我想寄东西给孙子，有没有好一点儿的糖果呢？”老奶奶问。

“老人家，这里没有上等的糖果，倒是有些牛奶糖，您要买吗？”糖果店的老板娘回答。

“让我看看那些牛奶糖吧。”拄着拐杖、包着黑色头巾的老奶奶说。

“您要寄到哪里去呢？”

“我要寄麻薯给东京的孙子，就想着也顺便放些糖果。”老奶奶回答。

“可是，老人家，那些牛奶糖是来自东京的商品哟。”

“无所谓，我就是想买这个。把这些牛奶糖给我吧。”老奶奶说完，便把这三盒牛奶糖全都买了下来。

天使没想到又可以回到东京，开心得不得了。

隔天晚上，天使在一片漆黑的货物列车里摇啊摇，不知何时又循着当时来到这里的同一条路线，往大都市的方向前进。

当黎明到来，天色转亮时，火车已经抵达大都市的车站。

接着，那天中午过后，包裹已经被配送到上面写的收件者家里去了。

“乡下寄包裹来啦！”孩子们大喊大叫，开心得跳了起来。

“寄了什么来呢？我猜一定是麻薯。”母亲解开包裹的绳子，打开盒盖后一看，果然是乡下制作的麻薯，里面还放了三盒牛奶糖。

“啊，这是奶奶特地买给你们的耶！”母亲把牛奶糖各分一盒给三个孩子。

“什么嘛，原来是牛奶糖啊。”孩子们虽然嘴上这么说，却还是开心地拿着牛奶糖，走出家门外玩耍。

现在还是寒冷的早春时节，此时已经到了黄昏时刻，孩子们正在路上玩捉迷藏。这三个孩子不知道什么时候已经把牛奶糖从盒子里拿出来吃了，一边吃一边把一些牛奶糖丢向一直跟在旁边的白狗波吉。玩着玩着，盒子已经空了，于是一个孩子把空盒丢进水沟，一个孩子把它撕破，另一个孩子则把它丢向波吉，狗狗便叼着盒子，在一旁跳来跳去。

天色一片湛蓝，真是令人怀念的色彩啊。还要过好一段时间，繁花才会盛放，然而梅花已经散发出阵阵清香。三位天使就在这静谧的黄昏时刻，往蔚蓝的天空上飞去。

其中一位天使似乎想起什么似的，眺望着大都市远方的天空。一根又一根烟囱正冒出阵阵轻烟，不知道哪些是从前生产出我们的烟囱。天使只能隐约从暮霭中看到满布整座城市的绚丽灯火。

在天使缓缓飞上天际时，蓝黑色的天空也亮了起来，而天使们即将前往的地方，美丽的星光一片璀璨。

某天夜里星星的对话

『两个孩子在做什么梦呢？希望至少在梦里，他们可以开心一些。』另一颗星星说。

『这个嘛，姐姐梦到和朋友去公园散步。梦里正是春天，花圃里开满了各式各样的花草，两人正在聊花的名字。她的脸露出棉被外，正洋溢着微笑。姐姐现在感到很幸福。』温柔的星星回答。

那是个寒冷的冬日夜晚。天空一片湛蓝，就像打磨过的镜面一样清透，甚至没有一抹云的踪迹，正吹拂的风也像是因寒气而感伤，发出啜泣般的微弱声响。

从远在九霄云外的星星世界俯瞰下方的地球，只见地球包裹着一层纯白的冰霜。

平时转个不停的水车磨坊已经停止转动，而总是哗啦哗啦流动的小溪溪水，也已静止不动。万物都因这股寒气而冻结，农田表面也结了一层冰。

“地球上一片寂静，看起来好像很冷呢。”这时，其中一颗星星说。

平常在广阔的天际四散各处的星星们，难得开口说话。如果不是像这样寒冷的冬夜，万里无云，风也只是偶尔吹拂，它们是不会出声交谈的。

对星星们来说，最喜欢的就是像这样万物静寂、天空一片澄净的夜晚。星星们不爱吵闹，这是因为星星的说话声相当微弱。这时正好是深夜一点到两点之间，即使以夜晚来说，这段时间也是最为静谧、最为寒冷的。

“此时此刻，天气如此寒凉，天地万物应该都入睡了吧。群树正在歇息；山中栖息的野兽，多半正在洞穴中沉睡；以水为家的鱼群，八成也都缩着身体，静静地躲在阴影下。地球上的生命，大概都正在休息吧。”一颗星星说。

这时，在远方闪耀的一颗小星星听完之后便开口说话。这颗星星整夜都守护着下方的世界，是颗温柔的星星。

“不，现在还有人醒着。我窥探了一户贫穷人家，发现两个孩子因为白天太过劳累，现在正呼呼大睡。姐姐平日在工厂工作，弟弟则站在电车经过的路边卖报纸。这两个孩子都很听妈妈的话，虽然年纪还小，却因为家境贫困，不得不开始进入社会工作帮忙维持家计。妈妈抱着还没离乳的婴儿睡着了，但妈妈的奶水不足，小婴儿每到半夜就会想要讨奶喝。这个时候，妈妈在这样寒冷的半夜里起床，用火盆温热奶瓶。接下来，应该也差不多是小婴儿醒来讨奶的时间了。”

“两个孩子在做什么梦呢？希望至少在梦里，他们可以开心一些。”另一颗星星说。

“这个嘛，姐姐梦到和朋友去公园散步。梦里正是春天，花圃里开满了各式各样的花草，两人正在聊花的名字。她的脸露出棉被外，正洋溢着微笑。姐姐现在感到很幸福。”温柔的星星回答。

“那男孩又是做什么梦呢？”又有一颗星星问道。

“昨天那孩子像平常一样站在车站里卖报纸时，不知道从哪里忽然冲出来一只大狗，向那孩子狂吠，让他吓了好大一跳。他心里大概一直记着这件事，所以现在正在梦里被大狗追，低声哭泣呢。男孩泪流满面，幽微的灯火正照着他纯真的脸。”温柔的星星回答。

听完，一直沉默不语、远在天空另一方的星星，突然开口说话：“那孩子真可怜哪。有没有谁能帮帮他呢？”

“我轻轻摇了摇那孩子，让他不至于清醒，但能发觉那只是梦境。之后，那孩子便放松地安然入睡了。”温柔的星星回答。

于是星星们便不再担心这两个孩子了，只是心疼那可怜的母亲，在这样酷寒的夜里还要独自起身温热牛乳。

接着有好一阵子，星星们都没有开口说话。忽然，有一颗星星问：“还有谁在工作吗？”

那颗星星主宰世间的命运，但它的眼睛看不见。

听了它的疑问，总是用心守护凡间的温柔星星回答：“深夜里，火车还在行进。”

确实只有火车，不管在多么酷寒的夜晚，或是刮风下雨的夜里，都孜孜不倦地工作。

“火车还在通行？”看不见的星星反问。

“是啊，火车还在行进。从小镇前往孤寂的原野，再从原野前往两山之间不断行驶，一刻也没有停下来。车上的乘客，大多是要前往远方的旅人。他们都相当疲累，正在打瞌睡。然而，唯有火车没有停下休息，不断往前驶去。”对凡间的情况了如指掌的星星回答。

“它的身体竟都不会感觉疲累，火车真是长跑好手。”掌管命运的星星歪着头说。

“它的身体是由坚硬的铁块打造的，不会那么弱不禁风。”温柔的星星说。

听闻及此，掌管命运的星星动了动身体，接着便发出亮度惊人的强光。这是因为有事让它不开心。

“宇宙中竟有‘铁’这种如此坚固，连我也远远比不上它的物体！”看不见的星星说。

它以为铁这么坚固，可能会反抗自己，所以才这么说。

这时温柔的星星说：“你主宰万物的命运，火车怎么能反抗你呢？火车和轨道都是以铁打造，但经年累月之后，总有一天会磨耗殆尽。万物都被你征服了，这片宇宙中，万事万物对你都应该有畏惧之心吧。”

掌管命运的星星一听，便满意地微笑，并点了点头。

又过了一阵子，天空似乎起风了，可见黎明时分即将到来。

星星们又沉默了一段时间，此时，有颗星星说：“没有其他新鲜事了吗？”

温柔的星星一直埋头守望着地球，它开口说：“现在有两座工厂的烟囱，正你一言我一语地争辩每天是哪一家工厂比较早鸣笛。”

“这还真是有趣。烟囱在吵架？”一颗星星问道。

新开发的地区，有两座新建造的工厂比邻而立。其中一座是纺织工厂，另一座则是造纸工厂。每天早上到了五点，就会有汽笛鸣叫，但总是两家工厂的汽笛一前一后，在相同的时刻发出声响。

两座工厂的屋顶，都各自有一根烟囱高高耸立，原本两根烟囱都抬头望着众星闪烁的寒冷夜空，到了早上则开始讨论，昨天是哪家工厂的汽笛最早响起。

“我们工厂的汽笛比较早响起。”造纸工厂的烟囱说。

“不对，是我们工厂的汽笛比较早。”纺织工厂的烟囱说。

直到最后，两根烟囱对于这件事还是吵不出个结果。

“今天你就仔细听听看是谁比较早！”造纸工厂的烟囱气呼呼地对纺织工厂的烟囱说。

“你也给我好好听清楚！但是只有我们两个，又没办法做出裁决。如果没有一个令人信服的证人，大概还是会继续吵下去吧。”纺织工厂的烟囱说。

“你说得也对。”

就这样，两根烟囱的对话，天上温柔的星星全都听到了。

“两根烟囱希望有人可以帮忙判定是哪家工厂的汽笛早一点儿响起。”温柔的星星对大家说。

“有没有谁可以在工厂旁帮忙裁决啊？”一颗星星开口说道。

接着，另一头有颗星星便说：“这么冷的早上，应该没人会这么早起床吧。大家都还躲在被子里，没人会留意汽笛的声音。只有那个出生在贫穷人家，为了帮忙维持家计一大早就前去工厂工作的孩子会留意了。”

“没错。贫穷人家的那两个孩子，都已经在床上醒来了。”温柔的星星说。

聊到这里，之后就只剩温柔的星星还继续守护着下方的世界。

姐姐和弟弟，都已经在床上醒过来了。

“再不久就要天亮了呢。”弟弟对着姐姐说。

今天也得去电车车站卖报纸。弟弟想起昨晚夜里被狗追的梦。

“等一下造纸工厂或纺织工厂的汽笛一响就是五点了，一听到汽笛声你就要起来啰！我要起床准备做饭了。”姐姐说。

这个时间，妈妈已经起床了。接着，姐姐也跟着起身。一来到厨房，妈妈就对姐姐说：“今天冷得很，你再回床上睡一会儿吧。妈妈现在准备早饭，做好了再叫你，你就睡到那个时候吧。工厂的汽笛还没响。”

“妈妈，小宝宝睡得很香甜呢。”姐姐说。

“因为天气太冷，他哭了好一阵子，现在好不容易才睡着了。”妈妈回答。

姐姐没有再钻回被子里，而是帮妈妈的忙。

地面上，蒙上一层雪白的冰霜。街道上开始出现人们活动的气息和各种物品的声响。星星的光芒，也逐渐暗淡了下来。而太阳还要好一段时间之后才会露脸。

月夜与眼镜

老奶奶戴起眼镜，打算好好看清楚这个经过自己家门口好几次的美丽女孩的样貌。这一看，把老奶奶吓了好大一跳。原来那不是女孩，而是只美丽的蝴蝶。

老奶奶想起，她曾听过这样的传说——在这种宁静的月夜，蝴蝶经常化身为人类，前去夜深却仍未就寝的人家中。她再仔细一看，这只蝴蝶的脚看起来像是受伤了。

这一带无论是城镇上或荒野中，四处都长满了鲜绿的叶子。

这是个安详沉静、月色皎洁的夜晚。远离小镇中心的宁静郊野，住着一位老奶奶。老奶奶独自一人坐在窗边，正在做针线活。

油灯的火光温和地映照四周。老奶奶年纪也不小了，因此眼睛看不太清楚，无法把线穿进针眼，穿线时经常就着灯火，或用满布皱纹的指尖将线头捻细。

月光透着淡淡的青色，映照这片天地，仿佛树丛、房屋和山丘全都沉浸在微温的水中。老奶奶就这样边做手工，边遥想年轻时的自己、远方的亲戚，还有不在身边一同生活的孙女。

四周一片寂静，只听见闹钟的声响，嘀嗒、嘀嗒地在柜子上一秒一秒地往前走。偶尔也有镇上居民往来的各种声响从喧闹小巷的方向传来，像是兜售商品的叫卖声，还能隐约听见火车行进的轰隆声。

老奶奶几乎要想不起此刻自己身在何处，她的思绪一阵恍惚，就如做梦一般，心情平静地坐着。

此时，传来咚咚的敲门声。老奶奶的耳朵已经大大不如从前灵光了，她把耳朵侧向声响的来源。如今应该没有人会来探望我了，她心想，那多半是风声吧。风就这样漫无目的地穿越原野与小镇。

接着则由窗户正下方，传出轻轻的脚步声。不同于以往总是听不清楚，这次老奶奶听到了那声响。

“老奶奶，老奶奶。”有人出声呼唤。

老奶奶一开始怀疑是自己听错了，便停下手里的工作。

“老奶奶，请把窗户打开。”那个人再度开口。

老奶奶发觉似乎有人在对她说话，便站起身打开窗户。蓝白色的月光高照，外头几乎如同白昼一般明亮。

窗户下站了一名个头不高的男子，正抬头往上看。男子戴着黑色的眼镜，蓄着胡须。

“我不认识你呢，你是谁呀？”老奶奶说。

老奶奶看着陌生男子的脸，心想他多半是找错人了。

“我是卖眼镜的，我这里有很多眼镜。我第一次造访这座城镇，还真是舒适又美丽的小镇呢。今晚的月色很美，所以我就这样边走边兜售。”那名男子回答。

最近老奶奶的眼睛渐渐开始看不清楚，无法顺利把线穿进针眼，便向男子询问：

“有没有适合我这双眼睛，让我能看清楚的眼镜呢？”

男子把提在手上的盒子打开，并伸手进去找了找适合老奶奶用的眼镜，最后拿出一副玳瑁色镜框的大眼镜，把它拿给从窗户探出头来的老奶奶。

“戴上这个，包管您看什么都很清楚。”男子如此说道。

窗户下男子所站之处，脚边的地面白色、红色、蓝色等各式花草盛开，在月光的映照下显现出淡淡的色彩，散发出阵阵芳香。

老奶奶试着戴上那副眼镜，再看向远处闹钟的数字和月历上的文字，发现每个字都能看得清清楚楚。老奶奶心里甚至想着，恐怕十年前的自己，还不如现在看得清楚。

老奶奶开心得不得了，很快就决定买下这副眼镜。

“啊，这个给你。”老奶奶说。

老奶奶付钱后，戴着黑色眼镜、留着胡子的眼镜小贩便离开了。男子的身影消失在夜色中，唯有花草仍像原来一样，在夜晚的空气里散发着馨香。

老奶奶关上窗户，坐回原来的位子上。现在她轻轻松松就能把线穿进针眼了。老奶奶一下戴起眼镜，一下又拿下来，就像孩子般把眼镜当成珍奇物品胡乱把玩；另一方面，也是因为平常没戴眼镜，一戴上眼镜，东西的样子看起来都和平时不同了。

老奶奶又把戴在脸上的眼镜拿了下来，放在柜子上的闹钟旁。因为时间也不早了，老奶奶打算休息了，便着手整理了一下手边的工作。

就在此时，又有人咚咚地敲着大门。

老奶奶仔细倾听。

“这个晚上还真奇怪，好像又有人来了。真是的，都这么晚了……”老奶奶说完看了看时钟，虽然屋外有月光照耀，一片明亮，但已经是深夜时分了。

老奶奶站起身，往大门口走去。敲门的人似乎有双小手，发出咚咚的可爱声响。

“都已经这么晚了……”老奶奶嘴里边念叨着，边开门查看。打开大门，老奶奶看到一个十二三岁的美丽女孩泪水盈眶地站在门外。

“我不认识你，你为什么这么晚了还来找我呢？”老奶奶疑惑地询问。

“我在镇上的香水制造工厂做事。每天从白色蔷薇中萃取香水灌进瓶子里，直到深夜才回家。今晚也是工作结束后，看到月色很美，就一个人闲晃乱走，结果被石头绊倒，弄伤了手指。我痛到受不了，血又流个不停，原本心想大家应该都睡了，经过这间屋子时，却发现老奶奶还没睡。我知道您是一位亲切又善良的好人，所以就忍不住来敲门了。”留着一头长发的美丽少女对老奶奶说明原委。

香水的芳香气味似乎沾染到少女身上，两人交谈时，老奶奶感到浓郁的香气扑鼻而来。

“这么说来，你见过我是吗？”老奶奶问。

“之前我曾路过这间屋子好几次，每次都看到您在窗边做着针线活，所以知道您。”少女回答。

“嗯，真是个乖孩子。哎呀，你把受伤的那只手指给我看看，我帮你擦点儿药吧。”老奶奶说完，便把少女带到油灯旁。少女伸出小巧的手指给老奶奶看。老奶奶一看，发现少女雪白的手指正流出鲜红的血。

“啊，真可怜啊，是被石头割伤的吧？”老奶奶口中喃喃念着，但眼前一片模糊，看不清楚血从哪里流出来。

“刚刚那副眼镜放哪儿去了？”老奶奶在柜子上找了找。眼镜就在闹钟旁，老奶奶很快就找到了，便戴上它，准备帮少女仔细看看伤口。

老奶奶戴起眼镜，打算好好看清楚这个经过自己家门口好几次的美丽女孩的样貌。这一看，把老奶奶吓了好大一跳。原来那不是女孩，而是只美丽的蝴蝶。老奶奶想起，她曾听过这样的传说——在这种宁静的月夜，蝴蝶经常化身为人类，前去夜深却仍未就寝的人家中。她再仔细一看，这只蝴蝶的脚看起来像是受伤了。

“好孩子，过来吧。”老奶奶温柔地说。接着，老奶奶走在前面，先走出门口，再往屋后的花园走过去。少女默不作声，跟在老奶奶身后。

花园里种的各种鲜花，现在都正盛放着。白天，蝴蝶和蜜蜂都会在此群聚，十分热闹；现在则是一片宁静，大概是在叶片的阴影下正伴着好梦休息吧，只有蓝白色的月光如水波般流动。另一头的篱笆旁，白色野蔷薇花团锦簇地生长，如白雪般盛放。

“女孩去哪里了？”老奶奶倏地停下脚步，回头一看，原本跟在后面的少女不知何时便已不见踪影，就连脚步声也听不见了。

“大家晚安，我也该睡了。”老奶奶说着，便往屋里走去。

真是个美妙的月夜啊。

山路顶端的茶屋

在漫长的岁月里甘苦与共的妻子，同时也是对儿子相当温柔的母亲，此时她已成亡魂，住进这个佛坛里。对老爷爷来说，妻子的亡魂就像是正看着眼前发生的一切。他为花瓶里插的花换上新鲜的水，敲响梵钟，恭敬地双手合十。

山路顶端的中央，有一间茶屋。不论是从镇上前往另一头村庄的人，或是从另一头村庄跨越山路顶端准备前去小镇的人，都会进来这间茶屋歇脚休息。

这里只有老爷爷一个人独自居住。虽然身为男性，但老爷爷总会把茶屋打扫得干干净净，也很殷勤亲切地招呼客人。他会泡茶、提供点心；如果是喝酒的客人，则会准备下酒的鱼，和酒瓶一起端上桌。老爷爷的太太过世后，他便像这样一个人经营茶屋，过了很长的一段时间，往返经过这里的人很多，大家和老爷爷都已熟识。老爷爷总是笑嘻嘻地招呼客人，不管对谁都一样亲切，所以，大家都

“老爷爷、老爷爷”地叫他。

老爷爷也像这样，忙碌时小小的身体在店里四处穿梭，连思考的时间都没有；店里没客人时，就独自一人坐在店门口发呆，坐着坐着，就不自觉地愈来愈想睡，最后还打起瞌睡来了。

老爷爷愈来愈年迈，像这样只有自己一人独处时，不管是睁开眼或是闭上眼，都常常感觉自己一下子身处梦境，一下子又好像处在现实世界，就像喝醉酒似的。

这几天，老爷爷一直处在这样的情况下。门外正是秋天晴朗舒爽的时节，空气清新透净，能清楚地听见远方通过山脚的火车声响；森林里某处的鸟叫声传入耳里，仿佛近在眼前。

老爷爷一直专注倾听，直到火车声愈来愈微弱，最后似乎在另一头的山边转向海岸，发出一声响彻云霄的汽笛声后，火车的声响就慢慢听不见了。

“这时已经能从火车的窗户，看到雪白的海浪了吧。”

仿佛老爷爷自己正坐在那列车上一样。

老爷爷还想起，自己年轻时上山砍柴，还带着自己的儿子摘了好多刚长出来的香菇。那时枯叶的香气在冰冷的地面弥漫，那股令人怀念的气味，仿佛现在还能闻到。那个时候的老奶奶和老爷爷一样有着一手好厨艺，因此一回到家，老奶奶就会马上把香菇放进锅里炖煮。

此刻的鸟叫声，让他感慨地回忆起当时的情景。

既不是梦境，也并非现实，老爷爷一动也不动地沉醉在愉快的幻想里，直到早上，经过店门、前往镇上的村庄居民已经办完事，也差不多到他们回程的时间了。

老爷爷面前的山也同样处于这种悠闲放松的心情。黄色、紫色、红色……山峰与低谷已经染上赏心悦目的色彩，看起来仿佛是在万里无云的蓝天下，静静地沉浸在思考中。老爷爷并非不清楚，在如此的好天气持续一段日子之后，冬季来临前将有狂风暴雨来袭，但他的思绪被从春天跨越夏天的美好往日回忆满满占据，忘了阳光照射的时间开始变短，再加上此时此刻，没有任何事物能破坏老爷爷和群山间的宁静气氛。

然而有一天，老爷爷从在茶屋休息的村庄居民口中听到一个传闻。

“老爷爷，糖果店老板前阵子来这里时是不是喝得烂醉啊？”

“是啊，他离开的时候开心得很呢。”老爷爷笑眯眯地回答。

“难怪啊，听说他被狐狸戏弄了。不知道为什么整个晚上都待在森林里，一直到天亮。”

“咦？糖果店老板吗？”老爷爷听完大吃一惊。

“好像是原本打算走到通往小镇的路，却一直在同一条路来来回回走了好几次，走着走着，最后清醒时，才发现自己睡在西山的树林中。”村里的人说。

这时，老爷爷说：“当时糖果店老板心情很好，他还聊起自己孩童时代的回忆：‘小时候我曾经去过西边的那座山采香菇。’说完，他便用十分怀念的眼神望着那个方向。”老爷爷想起，糖果店老板接着又说好像没有去到那么远，是比较靠近这一头的那座山才对。或许是因为喝醉了，自然就朝那个方向走去了吧。老爷爷把当时的情况告知村民。

“原来是这样啊，或许是吧，很有可能。现在这个时代说什么被狐狸戏弄，也太莫名其妙、太好笑了。”

村民们笑着如此回应。

但这个关于狐狸的传闻似乎绘声绘色地传开了，大约隔了一天，村主任的助理来到茶屋，向老爷爷询问：“老爷爷，听说有狐狸出没作恶，搞得人心惶惶，你这里有没有发生什么奇怪的事呢？”

老爷爷笑眯眯地回答：“听说糖果店的老板被戏弄了。”

“村里的女性也说准备离开镇上时手上提着的盐渍鲑鱼被抢走了。似乎不管是什么东西，都会有人一路尾随，趁机抢走。”

“那是什么时候的事啊？”

“好像就在两三天前，天色刚变暗的时候。”

听完村主任助理说的话，老爷爷心中浮现出两三个年轻女孩一边热烈谈天，一边经过他店门口的模样。其中一个人的背上背着鲑鱼，每当她晃动身体大笑时，鲑鱼就左右摆荡，像钟摆一样摇晃，老爷爷想起，在他看来，很担心鲑鱼会掉在半路。

“接下来会变得更冷，如果没了食物，不知道那些狐狸又会做出哪些恶作剧的举动。”村主任助理说完，便点燃香烟。

“会不会是掉在路上了呢？”老爷爷说。

“什么？你说看到狐狸逃跑的背影？那应该是真的吧！”村主任助理如此深信。

“老爷爷，狐狸什么的不重要啦，倒是听说明年在你的店门口会有巴士通过。”村主任助理转了个话题，用夸张的语气说。

“巴士吗？”

“你好像还不知道啊？这样一来，以后就不会再有人像之前一样走路经过这里了吧。”

“会这样吗？这样的话，我的店会怎么样呢？”老爷爷无力地说。

“这个世界只要变得更方便，就会同时带来优点和缺点。但是，你也可以动动脑想个办法。你想想看，到时候附近其他村庄的居民都会经过这条路。如果巴士站最终设置在你的店门口，那这间店说不定会变得生意很好呀。”

“是这样吗？”老爷爷歪着长满白发的头，把刚沏好的茶端到村主任助理面前。村主任助理拿起茶盏，并说：“不过呢，想要争取就趁现在，愈早开始愈好。”

“就算叫我争取，我一个老人实在也去不了什么地方。”老爷爷一边正襟危坐，一边在腿上摩擦干瘪的双手。

“什么？如果你这样想，反而更应该去争取。”年轻的村主任助理像看穿老爷爷的心思似的，直直地盯着老爷爷的脸。

老爷爷心想：那需要钱吧，到底要有多少钱才能做得到呢？老爷爷无法下定决心。

“您现在听完我说的话，也不会立刻有什么差别，所以您还是先想清楚再说吧。”

说完这番话，村主任助理便离开店里。

老爷爷这一阵子身体又出现新的毛病，经常感到不舒服。大概是因为年纪大了吧。接着，老爷爷想起在离自己很远的地方生活的儿子，他想，也是时候该一起住，让儿子照顾自己了。

老爷爷等店里的客人都走光，剩自己一个人时，拿出前不久儿子寄给他的信来看。信上写道："现在您住的地方天寒地冻，还下起雪了，但我们生活的地方即使到了冬天，仍然相当温暖，希望父亲也能考虑来此一起生活，让我们尽尽孝道。我们也希望趁还没有孩子时，能好好孝顺您。"儿子大概是趁工厂休息的时间写的，因为他用的是工厂的信纸。老爷爷看到信里的内容深受感动，对于儿子如此重视自己感到十分欣慰，他把信恢复原状，再次放回佛坛的抽屉里。在漫长的岁月里甘苦与共的妻子，同时也是对儿子相当温柔的母亲，此时她已成亡魂，住进这个佛坛里。对老爷爷来说，妻子的亡魂就像是正看着眼前发生的一切。他为花瓶里插的花换上新鲜的水，敲响梵钟，恭敬地双手合十。

此时，似乎有人进来了。

"现在这个季节，日落的时间明显提早很多呢。"

边说着这句话边走进来的，是位年迈的农夫。

"你从镇上回来吗？"老爷爷态度亲昵地迎接他。

农夫走到老爷爷身旁坐下，挨近老爷爷推出来的火盆，点燃样式老旧的粗烟管。

两人是小学时期的朋友，虽然也有其他亲密的好友，但要么早就死了，要么都已经离开了这片土地，到了这个年岁还有来往，能毫不避讳地把自己的事都说给对方听的，就只剩这两个人了。

"要来一杯吗？"

"我就是想来你这儿好好享受一番，才忍住没有在镇里喝酒的啊。"

听完农夫的话，老爷爷便在炉中点燃松叶，煮沸上方垂吊的铁瓶。

"听说明年开始，这条路就会有巴士通行了，所以刚刚村主任助理来跟我说，要我趁现在赶快做些什么，好让巴士站可以设置在店门口。可是你也知道，我年纪渐渐大了，也更想和儿子团聚了。"老爷爷用平静的语调说。

年迈的农人低着头，双眼直盯着冒出青烟、不断燃烧的火，听老爷爷说话。听完之后，他开口说："再怎么说，还是父亲和孩子一起生活最好不过了。但你一出生就在这片土地生活，都已经住惯了，我也很清楚你心中很不想离开这里。不管怎么样，你还是好好想清楚，遵从自己的心意比较好。但是如果你担心这条路开始有巴士通行，会让你的生意做不下去，这一点不用想太多。习惯搭乘巴士的就是固定那些人，每天背着货往返小镇的人是不会去搭那东西的。再说只要一下雪，车子就算想通过这里也过不去。这个地方一到冬天，来你店里歇脚的人就会更多，所以啊，就先别忙着要做些什么了。车站什么的要盖在哪里都无所谓，就放松心情顺其自然吧。再说，不管你发生什么事，我们都可以一起解决啊。"农夫安慰老爷爷。

"这个温度如何？"

老爷爷拿起酒瓶倒出酒来，农民接过酒杯喝了一口后，歪了歪头。

"要不要再煮热一点儿？"

“不用，这样刚好。哎呀，如果可以，真想和你一起喝一杯，这件事我一直觉得很遗憾。”

“是吗？那只要你喝得开心，我也和你一起醉、一起开心。”

两人亲密地聊天，从门打开的缝隙中，眺望天色渐晚的群山。

隔天，天气骤变。从一早开始就吹起刺骨的寒风，白天也都没有人经过，所以老爷爷很早就打烊了。

屋外的天色虽然还没完全暗下来，店里却像已经到了深夜时分般一片寂静。这时，传来了咚咚的敲门声。

老爷爷原本心想应该是风声，因此一开始没在意，但咚咚的敲门声再次传来，老爷爷才知道是有人来了。

突然间，老爷爷脑中浮现出狐狸出没的传闻，因此他更加小心翼翼地走近门旁。

“有什么事吗？”老爷爷从店里大声询问。

“您已经打烊了，打扰您真是抱歉。”

说话的是个温柔女性的声音，这下老爷爷觉得更加可疑了。他把门开一道小缝，往外窥探。

他看到门外站了个年纪还很轻的女性，带着一个小男孩，看得出来是从其他地方途经此处的人。

“我想着不会再有客人上门，就早点儿打烊了。”

“不好意思，有没有番薯或柿子之类可以吃的东西呢？”女人问。

“有，有。”老爷爷唰的一声把门打开。

“要不要进来休息呢？”老爷爷问。

“我们准备前往前面的村子，但火车抵达的时间比预定的晚，再加上我们是第一次来这里，到处打听之下，才来到这间店。孩子已经走不动了，我想着如果能买些吃的给他，体力就能恢复了。”

老爷爷从店内拿出柿子和番薯，放在盆子里拿给女人，另外还抓了一把煮过的栗子，放进孩子的双手中，并说：“真是辛苦你们了。从这里还要再辛苦走上一段路，不过路很好走，那你们就趁天还没暗，尽快上路吧。”老爷爷心想，这大概是村子里的哪个年轻人在其他地方成家娶的妻子吧。

“麻烦您了。”女人向老爷爷道谢，接着便牵着孩子的手，顶着寒风在天色微暗的路上渐渐远去。

老爷爷在门口站了一会儿，目送那对母子离开，他想起与自己相隔遥远的儿子也结婚有老婆了。

“说不定，他们有一天也会来探望我呢。”

到时，如果有巴士从小镇开往村里，那就很方便了。这样一想，之前心里的那些生意上的考虑和自身的利益得失，瞬间就像落叶般全都被风一扫而空，只要这个世界变得愈来愈好，他就感到无比欢欣。老爷爷也从心底期盼人们都能幸福快乐。

千代纸的春天

一打开窗户，美代子发现今晚是个美好的月夜，便把自己用千代纸做的花全都丢向窗外，撒满各处。

过了两三天，庭院里的花苞同时盛放。千代纸制成的花，全都攀上树枝，摇身一变成为真正的鲜花。至于美代子，她的病已经痊愈了。

城郊的一座桥旁，有位老爷爷在卖鲤鱼。鲤鱼是老爷爷今天早上从大盘商进货的，接着就在这里摆摊做起生意，待了很长的时间，不断对路过的人吆喝：“来哟，来买鲤鱼吧，已经帮大家打折了！”老爷爷看着路过的每个人，反复说着这句话。

往来的人群中，有些停下脚步走近摊子看了看，也有些人假装没听到地快步离去，但老爷爷依旧耐心十足地重复吆喝着相同的话。

在这段时间里，也有客人买了鲤鱼并大力称赞：“新鲜的鲤鱼在这里呢！”直到傍晚，小尾的鲤鱼几乎都卖完了，但最大尾的鲤鱼却还没有卖掉，留在椭圆形的浅盆里。

老爷爷眼看那条大鲤鱼始终卖不出去，忍不住着急了起来。他心急如焚，希望在天色完全暗下来之前能卖掉。

“来哟，大鲤鱼便宜卖，快来买哟！”老爷爷片刻不停地大声叫卖。

因此，经过那里的每个人都注意到那条鲤鱼。

“这鲤鱼真的很大呢。”也有几个人开口说道。

这是当然的。这条鲤鱼在宽阔的池塘里活了好几年，有时则栖息在河里。鲤鱼一听到湍急的河水声，就想起那道急流中的深水处；它也很怀念那映着树丛倒影、如镜面般反射出盎然绿意的池塘故乡。但它既然被抓进这个椭圆形的浅盆里，就难以再自由活动了。再加上它已经被抓到好几天，被四处搬来搬去，它的身体变得相当虚弱，已经完全不如以往有满满的活力。

大鲤鱼想起自己的孩子，接着又想到自己的朋友，心里便盘算着，无论如何一定要再见到自己的孩子和朋友。

“来哟，来买鲤鱼哟！大尾的肥美鲤鱼只剩一条，已经大降价了，快来买哟！”

老爷爷朝着经过地摊前的人们声嘶力竭地叫喊，但傍晚时分在路上赶路的行人都只是稍微瞄了瞄，每个人心里都想着：“这条鲤鱼肯定不便宜。”于是便快步离开。

大鲤鱼开始翻肚，在椭圆形的浅盆中侧身漂在水里，露出白色的腹部。这条鲤鱼十分肥美，但现在它连喝下足够的水都做不到了，它不知道自己还能存活多久。

这时正值早春季节，河水高涨。那股水流源自山上，因为山上的积雪融化，水从低处的山谷满溢，全都灌进了河川里。在这个季节，池塘中也是满满的水，且从这一阵子开始，只要是天气温暖的日子，小镇和村庄都会有人前往池塘或河畔钓鱼。

可怜的鲤鱼，只能凭空想着这些有的没的事。

这时，出现了一位老奶奶。她拄着拐杖，正走在这座桥上。老奶奶心里正担心着一些事，所以有气无力地走下桥，看起来很没有精神。她担心的是自己心爱的孙女美代子，美代子的身体不舒服，正在家里睡觉。老奶奶心里挂念着："拜托让美代子的病快点儿好起来吧。"

美代子现在十二岁，因为生病休学在家，虽然有医生诊治，却一直没办法痊愈，无法恢复往日的健康。美代子每天睡睡醒醒的，当她醒来时，就会帮娃娃缝制衣服，或是看杂志、绘本，但已经不再像以往一样活蹦乱跳地和朋友一起出门玩了。

不只美代子的父母，家里的人都很担心她。

"真是的，那孩子的病怎么一直好不起来啊？"老奶奶心里一直挂念着这件事，此时正拄着拐杖往桥边走去。

"来哟，鲤鱼大特卖，快来买哟！"老爷爷说。

老爷爷一心想着要早点儿卖掉鲤鱼赶快回家，因为家里有两个孙子正在等他回去。老爷爷家里很穷，如果老爷爷不出来卖鲤鱼赚钱，大家就连好好地吃顿晚餐也做不到了。

"来哟，鲤鱼便宜卖，快来买鲤鱼吧！"老爷爷相当卖力地揽客。

老奶奶听到叫卖声，便拄着拐杖停下脚步，

并且紧盯着桥边的摊位上椭圆形浅盆中的那条大鲤鱼。

老奶奶想起有人说过，吃鲤鱼对生病的人会有帮助。

“真的是肥美又大尾的鲤鱼呢。”老奶奶讶异地说。

“我便宜卖给你，请把它买回去吧。”老爷爷开口说道。

“我们家里的小女孩生病了，我是打算买的……”老奶奶说。

“吃了这条鲤鱼，病马上就会好了。”老爷爷回答。

老奶奶一直看着那条大鲤鱼露出肥美的白肚，便弯下腰对老爷爷说：“这条鲤鱼好像没什么活力哪，动都不动的。”

“哪里的话，如果它这样都算是没有活力，那其他鲤鱼就可以说是虚弱得很了。”老爷爷说。

老奶奶听完，还是疑惑地歪着头。

“它是不是死了啊？”老奶奶问。

“你看它不是一直张大嘴巴呼吸吗？”老爷爷说。

“怎么卖？”

“今天大降价，就算你一两吧。”老爷爷回答。

“喂，你抓住它的尾巴，让我看看它活蹦乱跳的样子。”老奶奶向老爷爷要求。

其实，这时的鲤鱼已经动也不动，看起来像是死了，但因为老奶奶要求，老爷爷就抓着那条大鲤鱼的尾巴，把它高高举起来。

鲤鱼心想，就趁这个时候逃吧，如果现在不逃，几分钟之后就要被杀死了，于是它借着往上提的那股力道，用尾巴拍打老爷爷的手臂。老爷爷在惊吓之余松开手，鲤鱼纵身一跳，就跳进河里了。

“啊，鲤鱼逃走了！”

几个恰巧路过的人大喊大叫，聚集在摊子前想看好戏。老爷爷和老奶奶都吓了一大跳，尤其是老爷爷，让那条大鲤鱼逃了，这下可亏大了，就连想买点儿菜给孙子当晚餐都没办法了。

“要不是你叫我抓住它的尾巴举起来给你看，鲤鱼也不会跑掉，请把这条鲤鱼的钱给我。”老爷爷对老奶奶说。

老奶奶提高声调争辩道：“为什么？我又没说要买，哪有要我给钱的道理？我心爱的孙女没吃下肚的东西，我才不付钱呢！”

这时，围观的人群里，一名留着长发、看起来像算命仙的男人走上前去。

“老奶奶，可喜可贺啊。原本以为已经死掉的鲤鱼竟然跳进河里，真是值得庆贺的事啊。您孙女的病，肯定从明天开始就会好转哟！疼爱自己孙儿的心情，每个人都是一样的。这位老爷爷心爱的孙子也还在家里等他，所以还是请您把鲤鱼的钱付给老爷爷吧。”那名留着长发的男人说。老奶奶原本觉得自己根本不需要付钱，但听了那男人说的话之后，觉得很有道理，于是老奶奶用干瘪的手从钱包里拿出硬币付给老爷爷。

老爷爷收下钱后，开心地露出笑容，接着便从怀里掏出一沓美丽的千代纸。

“老奶奶，这些千代纸是珍贵的和纸，有丰富美丽的花样，原本是想送给我孙子的，不过也不一定要今天送，就请带回去给您生病的孙女吧。”说完，老爷爷便打算把千代纸交给老奶奶。

老奶奶瞪大眼睛说：“千代纸我家孩子多的是，这种东西我才不需要。”老奶奶拒绝了他，但老爷爷却把那些千代纸硬塞到老奶奶手中。

“这些不是普通的千代纸。再说，如果能拿到不同花色的千代纸，孩子都会很开心的。”老爷爷说。

于是，老奶奶便收下那些千代纸，再次拄着拐杖有气无力地离开了。这时，天上皎洁的明月已经露脸。老奶奶回到家后，把鲤鱼放进河里，自己为此付钱的事说给大家听。听完，美代子的母亲说：“你又没有拿到鲤鱼，却要为逃脱的鲤鱼付钱，也太不合理了吧。”

但美代子的父亲却说：“真是值得庆贺的事啊！美代子的病一定会好起来的。”正好和那名长发算命仙说的话一模一样。

于是老奶奶便把整件事的来龙去脉详细说给大家听，听完之后，全家人想象当时的有趣情景，每个人都捧腹大笑了起来。美代子在明亮的灯火下听奶奶讲发生的事，也觉得好笑得不得了。她脑中也开始想象：捡回一命的那条鲤鱼现在怎么样了？是不是逆流而上，回到自己的故乡了呢？若真如此，鲤鱼的孩子和朋友，肯定会开心地迎接它吧。

老奶奶从衣袖里拿出美丽的千代纸，交给美代子。

“这些千代纸是卖鲤鱼的老爷爷原本买给孙子的，听说你生病了，所以就送给你了。”奶奶对美代子说。

“那位老爷爷很亲切呢。”美代子的母亲说。

“没买到鲤鱼，倒是收到千代纸了。”父亲笑了笑说。美代子得知那贩卖鲤鱼的老爷爷也有和自己年纪差不多的孙子，心里的亲切感油然而生。她心想：不知道那孩子长什么样呢？真想见见他，和他做朋友。

“医生今天来过，他说美代子肚子里有虫，对吧？而且要美代子吃那些药试试看。看来没错，就是因为胡乱吃东西才会这样。”母亲对父亲说。

“妈妈，说不定不吃鲤鱼比较好哦。”父亲说。

“要快点儿好起来回学校上课才行啊。花也差不多要开了。”母亲自言自语地说。

美代子在灯火下，用剪刀把千代纸剪碎，再做成各种花的形状。她心里想着病好之后，真希望能和朋友去草原或公园玩。一打开窗户，美代子发现今晚是个美好的月夜，便把自己用千代纸做的花全都丢向窗外，撒满各处。

过了两三天，庭院里的花苞同时盛放。千代纸制成的花，全都攀上树枝，摇身一变成为真正的鲜花。至于美代子，她的病已经痊愈了。

金环

太郎做了场梦，梦到自己和少年成为朋友，少年分了一个金环给他，两人在路上四处奔跑。跑啊，跑啊，不知不觉间，两人竟跑进黄昏时分那片红通通的天空里。

隔天，太郎再度发起烧来，接着过了两三天便死了，那一年，太郎七岁。

一

太郎有很长一段时间都卧病在床，最近终于能下床出门走动了。但此时还是三月底，早晚有时还有几分寒意。

因此，母亲便叮嘱他，白天有太阳时你难免要出门，但一到黄昏就要尽量早点儿回家。

还有好一段时间，才是樱花、桃花盛开的时节，此时唯有梅花在围篱边绽放。而大部分积雪也已经消融，只剩偌大寺庙的内院和菜园的一角几处还有些许残雪。

太郎走出屋外，却不见自己的朋友在路上玩。大概是因为天气好，大家都去了远方游玩。如果朋友在附近，太郎也想跟去，但仔细聆听，却没听见朋友的声音。

太郎一个人孤零零地站在家门前，菜园里种的蔬菜，去年采摘了菜叶后留下的根长出了绿色的新芽，太郎边看边往狭窄的小径走过去。

一走过去，便听见金环摩擦的声音悠然悦耳，听起来就像铃声一般。

太郎看向声响的来源，原来是路上有一名少年边跑边转着金环。那环正闪烁着金色的光芒。太郎瞪大了眼睛，因为他从来不曾见过散发着如此美丽光芒的金环。再加上少年舞弄的金环共有两个，当两个环彼此接触时，便会发出优美的音色。太郎以往从未见过这个用如此高超的技巧旋转金环的少年，心里想着他到底是谁。他看了看对面道路上奔跑而去的少年的样貌，完全没有印象曾经见过他。

那名陌生的少年在穿越街道时，微微朝太郎的方向微笑，就像对认识的朋友一样，看起来颇为亲密。

二

舞弄金环的少年最终在明亮的街道上消失得无影无踪，但太郎却始终站在那里，定睛看向那少年离去的方向。

太郎心中一直想着那名少年。“他到底是谁呢？是什么时候来这座村庄的？大概是从远处的城镇来这里玩吧。”

隔天下午，太郎又走进菜园里。一踏进菜园，又在与昨天相同的时刻，听到金环的声响。太郎看向对面的街道，少年一边转着两个环一边奔跑，那一对环金光灿烂。少年穿越街道时，朝着太郎的方向微笑，那笑容比昨天更加亲密。接着像是有什么想说的似的微微歪着头，最后就这样离开了。

太郎失落地站在菜园中，看向少年离去的方向。不知不觉间，少年又消失在明亮的街道上。然而，那少年苍白的脸庞和淡淡的笑容仍留在太郎脑海中，抹也抹不去。

“他到底是谁啊？”太郎不禁感到不可思议。明明从来不曾见过那名少年，却总忍不住觉得他像是自己最亲近的朋友。

明天我就去找他说话，和他交朋友。太郎在心里胡思乱想了许多情景，直到天空终于呈现一片红色，已经到了黄昏时分，太郎便走回家中。

那天晚上，太郎对母亲说起那名连续两天都在相同时刻，一边舞弄金环一边奔跑的少年，母亲却不相信。

太郎做了场梦，梦到自己和少年成为朋友，少年分了一个金环给他，两人在路上四处奔跑。跑啊，跑啊，不知不觉间，两人竟跑进黄昏时分那片红通通的天空里。

隔天，太郎再度发起烧来，接着过了两三天便死了，那一年，太郎七岁。

国王殿下的茶盏

这时，国王殿下突然感觉自己的生活实在令人厌烦至极。一个茶盏再怎么轻、再怎么薄，和其他茶盏也不会有多大的差别，把又轻又薄的茶盏视为上等珍品，还非得用它不可，实在是既麻烦又蠢得很。

很久以前，有个国家有位相当知名的陶艺师。这位陶艺师的家族烧制陶瓷的生意代代相传，即使在相隔遥远的其他国家，这个家族的制品也赫赫有名。每一代老板都会仔细研究山中挖出的土壤；他们也会雇用画工精良的绘师，并聘雇多位手工精细的师傅。

这家店烧制的陶瓷包含花瓶、茶盏和浅盘等各种器皿。几乎每位来到这个国家的旅人都会打听这间瓷器店，打听到之后便即刻前往店里。

“哎呀，这盘子太美了，啊，好像是茶盏才对……”旅人看着店里的陶瓷感叹地称赞。

“把这些买回去当礼物吧。”旅人把花瓶、盘子、茶盏等各种制品全都买遍，还把店里的陶瓷用船运往其他国家。

有一天，一位身份尊贵的官员出现在店里。官员把老板叫出来，端详店里的陶瓷之后说：“的确，看起来质量精致，每件器皿都很轻巧，而且还精细地烧制得很薄，这样的话，委托你们制作应该不会有问题。其实我来这里是想要买能供国王殿下使用、赏玩的茶盏，必须格外精心制作才行。”

陶瓷店的老板是个憨厚的男人，诚惶诚恐地对官员道谢：“在下会非常谨慎用心制作的。这实在是无上的荣耀啊！”

官员很快就离开了。之后，老板召集店里的所有员工，把整件事转告大家：“我们竟然能受命制作国王殿下的茶盏，实在是无上的光荣。各位也要全心全意，烧制出前所未有的上等制品才行。官员大人希望我们制作出轻薄的瓷器，不过陶瓷原本就是应该做得又轻又薄才对。”老板一而再，再而三地细细叮咛。

官员走后，大家花了几天时间把国王殿下的茶盏烧制完成了，这天，有几位官员又来到店里。

“国王殿下的茶盏完成了吗？”官员问。

“原本打算今天要送过去给您了，每次都麻烦您跑一趟，实在是令在下惶恐啊。”老板回答。

“想必制作得又轻又薄吧。”官员说。

“是的。”老板把成品交给官员过目。

那是个晶莹剔透的上等茶盏。茶盏的盏身纯白，上面还绘有国王殿下的纹样。

“不错，这确实是上等的制品呢，声音听起来也很清脆。”官员把茶盏放在手上，用指甲弹了几下后说道。

“是啊，不可能再制作出比它更轻更薄的茶盏了。”老板毕恭毕敬地低头对官员说。

官员点点头，并对老板说自己要赶快把茶盏拿回去给国王殿下，要准备离开了。

老板穿着相当于正式服饰的羽织和袴，他把茶盏收进华丽的锦盒，将盒子上呈给官员带走。

从此以后，人们都知道这个镇上知名的陶瓷店为国王殿下精心制作了茶盏，赢得了美誉。

官员将茶盏捧到国王殿下面前。

“这是国内颇负盛名的陶艺师为国王殿下精心打造的茶盏，极尽细腻、轻薄。您还喜欢吗？觉得如何呢？”官员向国王殿下报告。

国王殿下拿起茶盏赏玩，果然是又轻又薄的茶盏，几乎要感觉不到自己手上拿着东西。

“茶盏的好坏是以什么标准决定的呢？”国王殿下问。

“所有陶瓷，都是愈轻愈薄者愈有价值，茶盏若是又厚又重则属下品。”官员回答。

国王殿下默不作声地点了点头。从那天之后，每当侍从帮国王殿下准备膳食，都会备上那只茶盏。

国王殿下十分善于忍耐，即使是令他感到痛苦的事，也绝不会轻易说出口。再加上他是治理整个国家的君王，不能因为区区小事就大惊小怪。

这次取得这只专属的、新的薄瓷茶盏后，每日三餐、饮茶时，国王殿下都必须极力忍耐着那烫手的热度，但他的脸上丝毫没有露出痛苦的表情。

“难道必须忍受高温灼热的痛楚来赏玩的才算是优质瓷器吗？”国王殿下有时也感到疑惑，但有时他又会想：“不，不是这样的。一定是诸位家臣期许我日日都不要忘记痛苦的滋味，他们是抱持这种忠义之心，才要我忍受如此的高温。”

“不、不，不对。他们多半是相信我身强体健，因此认为这对我来说没什么问题。”国王殿下偶尔也会这么想。

后来每当国王殿下用膳时，一拿起这只茶盏，脸色就会不自觉地变得阴沉。

有一次，国王殿下前往深山旅行。那一带连可供国王殿下住宿的高级旅馆都没有，因此国王只好在农家过夜。

农民不懂得说什么奉承的话，反而显得十分亲切，国王对此打心底感到高兴。就算想要好好招待国王，也因为位处山中交通不便的地区，拿不出什么能够招待贵宾的上等菜色，但农人的真心对待却让国王殿下觉得很开心，并且也满心欢喜地吃了所有菜肴。

这个时候，已经到了秋末的寒凉季节，国王喝了热汤，全身都暖和起来，觉得这碗汤无比美味，且由于茶盏很厚，绝对不会让手烫伤。

这时，国王殿下突然感觉自己的生活实在令人厌烦至极。一个茶盏再怎么轻、再怎么薄，和其他茶盏也不会有多大的差别，把又轻又薄的茶盏视为上等珍品，还非得用它不可，实在是既麻烦又蠢得很。

国王殿下把那个农人用来盛物的茶盏拿起来端详。

“这个茶盏是用什么做的呢？”国王问。

农人十分惊惶，因为那是个相当粗糙的茶盏，拿给国王殿下用太过失礼了，因此便低下头道歉。

“让您使用这个寒酸的破茶盏相当抱歉。这是有一次我进城时买回来的便宜货，这次您突然来访，希望在这里留宿，实在是无上的光荣，但我们没时间进城里去买上等的茶盏……”憨厚的农人说。

“你在说什么啊？你们亲切地招待我，这让我觉得很开心，我从来没有这么开心过。我每天把茶盏拿在手上都觉得很痛苦，从来都没有用过这种贴心的茶盏，很想知道这是谁制作的，所以才问你。”国王殿下说。

“我不知道是谁做的，这东西是默默无闻的师傅烧制的，他恐怕做梦也没想到国王殿下竟然会用他烧出来的茶盏吧。”农人战战兢兢地说。

“或许真是如此吧，但那位师傅真是位贴心的人啊，制作的茶盏相当适合使用。他很清楚茶盏里会盛装热茶和热汤，因此使用厚茶盏，便不怕烫手，就能这样安心享用热茶和热汤。即使是再怎么知名的陶艺师，如果没有这种体贴入微的用心，那也只是枉然。”国王殿下感慨地说。

国王殿下结束旅程后，再度回到宫中，官员们毕恭毕敬地迎接。农民的生活极为单纯、悠然自在，也不会说些奉承的话，但却相当亲切，国王殿下也受到影响，他对这一份感受念念不忘。

用膳的时刻到了。餐桌上放的仍然是之前那个又轻又薄的茶盏。一看到那个茶盏，国王殿下的脸色瞬间沉了下来，他心想，从今天开始又得忍受那种烫手的高温了。

有一天，国王殿下把那位有名的陶艺师召进宫里。陶瓷店的老板心想，他曾经为国王制作茶盏，应该是想要赞赏我吧，因此心里相当高兴地入宫晋见，没想到国王殿下只是冷冷地告诫他说："你虽然是烧制陶瓷的高手，但手艺再怎么高超，没有一份体贴的用心，那也只是枉然。我每天用你制作的茶盏，都觉得很痛苦。"

陶艺师诚惶诚恐地离开皇宫。据说，后来那位有名的陶艺师，开始成为制作厚茶盏的平凡师傅了。

野蔷薇

睡梦间，老人突然感觉远方来了大批人马。抬头一看，原来是一列军队，而骑在马上指挥军队的，则是那名年轻人。这支军队十分肃静，没有发出丝毫声响。当他们经过老人面前时，年轻人静静地向他行礼，并闻了闻蔷薇。

老人正想开口说些什么时便清醒了过来。原来刚刚是一场梦。在那之后过了一个月，野蔷薇便枯萎凋谢。那年秋天，老人便请假回南方去了。

有个大国，比邻另一个比它小一些的国家。当时，这两个国家之间和平相处，毫无嫌隙。

这里是远离首都的国界。两个国家都分别派遣只有一人的军队在此处驻扎，看守这块定为国界的石碑。大国的士兵是一名老人，而小国的士兵则是一名年轻人。

两人分别在石碑的左右两侧看守。这座山头十分冷清，偶尔才会看到有人途经此处。

刚开始，这两个彼此陌生的人，多少将对方当成敌人看待，因此从不交谈，但不知不觉间，两人却开始变得亲近，因为没有其他人可以交谈，日子相当无聊，再加上春季的白昼时间较长，太阳和煦地在上空映照，耀眼灿烂。

两国的交界处正好有一株野蔷薇，并非有人刻意种植，却生机盎然地繁茂盛放。每天一早就有蜜蜂群集而至在这朵花旁围绕。这时两人还在睡梦中，蜜蜂振翅而飞的嗡嗡声在他们耳中响起，听起来就像是做梦一样恍惚。

“喂，该起床了吧，都来了一大群蜜蜂了。”两人在对话中清醒过来。一走出户外，果然看到太阳已经高挂在树梢，绚丽灿烂。

两人用岩缝间流出的清澈泉水漱口、洗脸后，便一起站上岗位。

“嘿，早啊。今天天气不错呢！”

“是啊，天气真好。只要天气舒适，心情也会跟着舒爽。”

两人就站在那里聊着这样的话题，并一起抬头眺望周围的景色，虽然已经是每天看惯的景象，有时也会产生新的感受，那时，两人就会全心沉浸其中。

年轻人原本不会下将棋，但经过老人的教导

后，现在只要白天闲来无事，两人每天都会面对面一起下将棋。

一开始老人远远厉害得多，与年轻人对弈时甚至会让子，在开局时总是除去自己一部分的棋子使年轻人多几分胜算，但到了后期，年轻人愈下愈顺手，老人有时也会输掉棋局。

不论是年轻人还是老人，都十分好相处。两人都很老实又亲和，虽然会在将棋盘上认真地一较高下，却对彼此都已敞开心扉。

“哎呀，看来这局我要输了啊。这样一直躲避攻势还真辛苦，而且再怎么躲，你还是紧追在后。如果是真的战争，该怎么办才好？”老人边说边咧嘴大笑。

年轻人再度握有胜算，因此满脸欣喜，眼睛闪闪发亮，继续紧追对手的王将。

小鸟在枝头上看似愉快地轻声歌唱，白色蔷薇则散发着阵阵清香。

这个国家也有冬天。天气变冷后，老人便开始想念南方。

老人的子孙都住在那里。

“真希望能早点儿请假回到故乡啊！”老人说。

“你如果回去了，就会换另一个陌生人来吧。真希望和你一样是个亲切善良的人，如果他是个敌我分明的人，那可就头痛了。请再等等吧，过不久春天就要来了。”年轻人说。

冬天终于过去，春天再度来临。就在此时，这两个国家因为一些利益关系问题而开始打仗。如此一来，原本每天都和睦相处、生活的两人就成了敌对关系。这实在令两人难以想象。

“好了，你和我从今天开始就成为敌人了。虽然我年老力衰，好歹也是个少佐，如果把我的首级交出去，你就能升官晋爵了，所以请杀了我吧。”老人这么说。

听了这番话，年轻人目瞪口呆：“你在说什么啊！为什么我和你非要敌对不可呢？我绝对不会把你当成敌人。战事一直都在北方展开，我就去那里参战。”年轻人说完这些话后便离开了。

国界边，就只剩老人独自留守。自从年轻人离开，老人每天都过着茫然的日子。野蔷薇仍然盛放，每当太阳升起，成群的蜜蜂就会飞来老人的居处。目前打仗的地区离得很远，即使仔细倾听、眺望远空，也丝毫听不见一声枪响、看不见一缕黑烟。从那天起，老人便开始担心年轻人的遭遇。日子就这样一天天过去。

一天，有个旅人经过那里，老人便向他询问战事的进展。旅人回答，小国打输了，士兵被杀得一个也不剩，战争已经结束了。

老人心想，若是如此，年轻人八成也死了。老人挂心着这件事，坐在石碑的基石上，低着头不知不觉就迷迷糊糊地打起瞌睡来了。睡梦间，老人突然感觉远方来了大批人马。抬头一看，原来是一列军队，而骑在马上指挥军队的，则是那名年轻人。这支军队十分肃静，没有发出丝毫声响。当他们经过老人面前时，年轻人静静地向他行礼，并闻了闻蔷薇。

老人正想开口说些什么时便清醒了过来。原来刚刚是一场梦。在那之后过了一个月，野蔷薇便枯萎凋谢。那年秋天，老人便请假回南方去了。

附：回望童心的纯真与闪光

——小川未明文学散步

新潟县高田·春日山散步

小川未明生于日本东北新潟县高田，位在新潟县西南部、一处邻近日本海的小城市。在川海与山脉的环绕下，此处地景丰富、四季万变，而战国时期的城市建设和因应天候形成的街道景观，不仅烙印在少年未明的心头，与他日后的创作紧紧相系，也成为高田独特的迷人魅力。

搭乘越后心跳铁道（Echigo Tokimeki Railway）于高田站下车，沿着车站前的笔直大道前进，过了青田川，一条与主要道路垂直的小巷便是高田最为著名的“雁木之道”。雁木，外观上看似飞翔的大雁，以木造搭建在建筑物前缘，形成类似骑楼的步行区，目的在于方便除雪，也确保了行人得以在大雪纷飞的天气中避雪通行。而在越后高田一带，不仅保存了自江户时代以来的雁木建设，同时活用与雁木相连的传统町家，将雁木之道打造成兼具传统与文化创新之地，吸引旅人驻足。

雁木之道还有另一个名字——“未明文学小径”。在高田当地居民的协力下，沿着雁木之道，几公尺间隔便可见小川未明的广告牌，小小的文字记录他的生平、家庭，以及作品里描写乡土、雁木的段落，广告牌静静地伫立在道路两旁，向游客介绍这位令高田感到骄傲的童话作家。一边阅读广告牌，一边逛逛町家，穿越长长的文学小径，尽头便是小川未明出生的地方。未明童年时的居所虽已不复见，但在幽静的住宅群中，一方石碑坐落其间，不招摇地宣示自己的存在，就像个邻人和往来的居民温柔地打招呼。石碑前的植栽总是茂盛，想必是当地居民用心照料的成果吧！

2014年迎来开府四百周年的高田市，在战国时期曾是德川家康六子松平忠辉居城——高田城的所在地，无论是绵延的雁木建设、町家建筑，还是棋盘状的街道设计，高田市作为当年高田城下町的历史遗风仍留存至今。原高田城址如今已重整为高田公园对外开放，而小川未明文学馆就坐落在此，入口处的一幅巨型书本广告牌仿佛一纸邀请函，引领着旅人进入小川未明的童话世界。馆内除了介绍小川未明的生平事迹和作品，影音室中改编自小川未明童话作品的动画轮番播放，小川未明生前于东京自宅内的书斋亦重现于馆内，此外，一面放大的稿纸广告牌上，方格内整齐地贴着读者写下的阅读心得，透过来往的文字交流，似乎又更接近小川未明所描绘的那个美丽境界。

如果时间许可，不妨到春日山上走走吧！小川未明的父亲因崇拜战国越后大名上杉谦信，亲自募集了资金，于谦信公旧时居所的春日山城迹所在地建设了春日山神社，借以供奉谦信公，并在小川未明中学时举家搬迁至此。距高田市有一站之遥的春日山，遇寒冬时期，未明得搬入校内宿舍才能上学，即使是春光明媚的季节，往返高田和春日山花费的时间，使他无法融入同侪间的课后休闲。少年的未明是孤独的，他只能与花草虫鸟为伴，而山上的自然风光蔓延了无限空想，也成为他日后作品中的舞台背景。神社境内立着小川未明诗碑，望着诗碑，背后便是一片深蓝的日本海，那座石制诗碑沉沉的，仿佛蕴藏着他创作童话的初心，透着纯真感情的闪光，既美丽又忧伤。

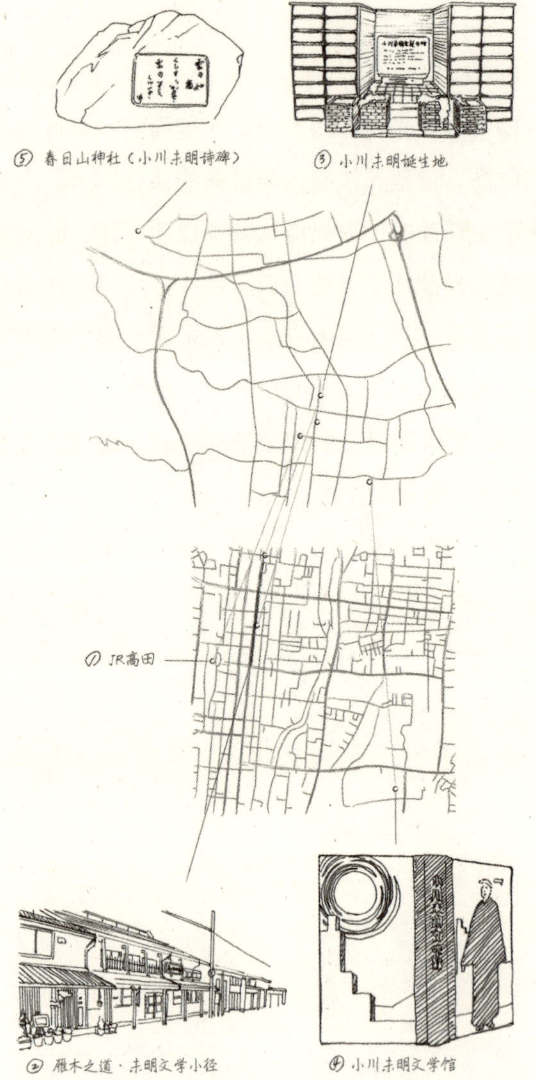

建议路线：①JR高田→②雁木之道·未明文学小径→③小川未明诞生地→④小川未明文学馆（高田公园）→⑤春日山神社